刺骨之痛

ほねがらみ

蘆花公園 著

緋華璃 譯

臺灣獨家作者序

給在臺灣閱讀這段文字的你：

你有沒有陰陽眼呢？

我本身是沒有的。

那麼你的命格重嗎？還是偏輕？

我想我的命格算是普通吧，既不重也不輕。

雖然從來沒有看過鬼或其他超自然現象，但我對這些事情有著比常人更強烈的興趣。不過，我的興趣並不意味著自己想親身體驗這些事。相反地，我不想有任何恐怖的經驗。

所以，我只是喜歡聽聞或閱讀一些恐怖故事。

因爲恐怖故事只需要閱讀或聆聽，就可以體驗到恐怖感，無須眞的親身經歷。

然而，現在我開始有了這種想法：

也許，並不存在能讓人置身事外的恐怖故事。

目錄

主要登場人物

我——任職於教學醫院第九年的男性醫師
木村沙織——與「我」在網路上認識的網友；業餘漫畫家，以「Kimura Saori」爲名發表作品
由美子——全職家庭主婦，與木村沙織畢業於同一所大學；好像是教學醫院的患者（？）
中山——與「我」在同一所教學醫院工作的護理師，自稱有「靈異體質」
前輩——「我」的前輩醫師
佐野道治——「前輩」負責的病患
雅臣——佐野道治的大學同學；在出版社上班，負責製作超自然現象的相關書籍
裕希——好像是佐野道治的妻子（？）；與雅臣是堂兄妹
多明尼克・普萊斯——怪談收藏家，男性；原爲大學職員，現已去世
鈴木舞花——單親媽媽，與女兒茉莉搬去鄉下住
鈴木茉莉——舞花的女兒，小學生
T先生——當地的有力人士，好像是橘家的誰（？）
齋藤晴彥——「我」的學者朋友，專門研究民俗學
水谷——「我」的學弟
鳥海——齋藤晴彥的女性友人

橘家

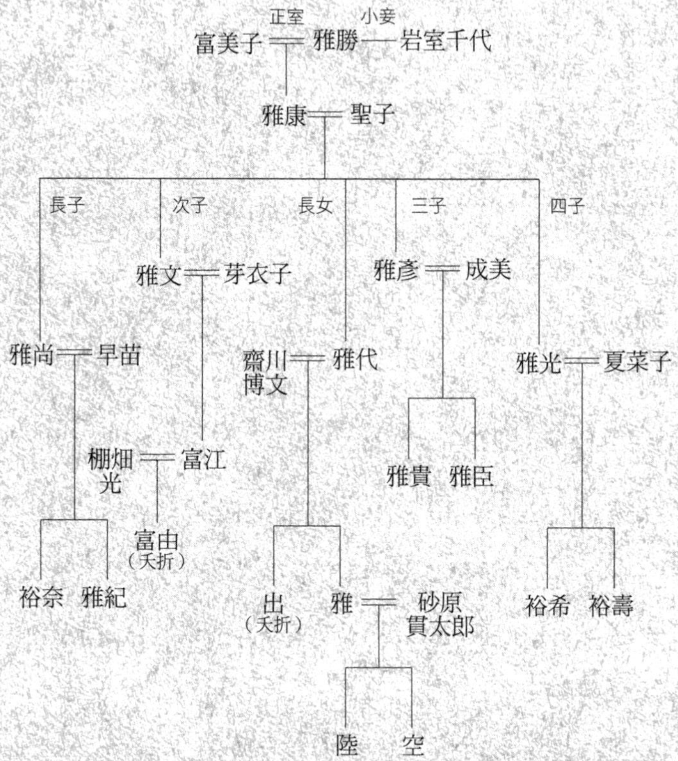
正室
小妾
富美子
雅勝
岩室千代
雅康
聖子
長子
次子
長女
三子
四子
雅文
芽衣子
雅彥
成美
雅尚
早苗
齋川博文
雅代
雅光
夏菜子
棚畑光
富江
雅貴
雅臣
富由（夭折）
裕奈
雅紀
出（夭折）
雅
砂原貫太郎
裕希
裕壽
陸
空

前言

有件事我想先說在前頭。

蒐集怪談是我的興趣，以下是我蒐集到的怪談、根據我蒐集到的怪談所寫成的紀錄。而這次寫在這裡的內容都有著奇妙的吻合。

我既不會通靈，也不是祈禱師或寺廟住持、神社神官、民俗學者等從事相關研究的人。我平常在教學醫院上班，是任職第九年的醫師。不過我從小就很喜歡鬼故事。

家父也很喜歡怪力亂神的故事及傳說，所以我從小就經常聽家父講這方面的故事。受到家父的影響，我也長成一個難以抵擋「恐怖」誘惑的大人。

不過，我只是單純喜歡看鬼故事。當然也喜歡影音作品或漫畫——小時候看完史蒂芬．金原著的《牠》影集版時，曾經有一陣子嚇得不敢睡覺。也對日野日出志及伊藤潤二等人筆下噁心又充滿幻想的唯美世界深深著迷——但最適合我的載體還是書籍。

我很快就看完圖書館的「怪談餐廳」系列、「學校怪談」系列等藏書，後來有一段時間都沉迷於《新耳袋》之類的眞人實事鬼故事。然而，拜讀了貴志祐介的《天使的呢喃》

之後，我的興趣轉移到恐怖小說。除了原始的恐怖，還開始追求精密細緻的完成度，希望看完以後除了毛骨悚然的感覺之外，還能得到某種類似快感的餘韻——換句話說，我追求的恐怖不只是「實」，也需要「虛」的部分。

我看過許多精彩的恐怖小說，例如平山夢明、恆川光太郎、道尾秀介等大師的作品，都看得我廢寢忘食。在這些恐怖小說中，我最喜歡三津田信三的作品。而他的作品裡面，又以被稱爲「幽靈屋敷」系列的三本書特別吸引我。故事描寫三津田老師與責任編輯一起討論，他透過各式各樣的管道蒐集到鬼故事的過程中，發現這些鬼故事最後都指向同一棟鬼屋——以上是這個系列的內容。

這些作品在三津田老師卓越的文筆與淵博的知識支撐下，具有明明是「虛」構的作品（畢竟屬於小說的範疇），卻完全不讓人覺得是虛構作品的力量。亦即所謂的「介於虛實之間」。

看完他的小說後，我變了。

至於是什麼改變呢，我開始蒐集眞有其事的怪談。

我的想法是，如果自己像「幽靈屋敷」系列的三津田老師持續蒐集怪談的話，或許能發現什麼也說不定。

起初，網路是我主要蒐集怪談的管道，後來也開始改向職場上的同事打聽。我在教學醫院上班，那裡根本是鬼故事的寶庫，員工也多半比較不會大驚小怪。此外，患者也經常告訴我這方面的傳聞。爲了與患者建立信賴關係，聊天時難免會提到興趣，而對我熱愛鬼故事的興趣表示理解的患者，後來也經常提供這方面的話題給我。

「幽靈屋敷」系列有種像是把一部電影切成一幕幕各自獨立的畫面，在完全分散的時間給觀眾看。我開始蒐集怪談就是想體會這種感覺，幸好我如今也正在體會中。

我現在著手書寫的這些文本，是原本流傳在網路上的網路小說，所以舉個網路上的故事爲例。

看到這裡的讀者大概都是五十歲以下的人，所以應該都知道某大型留言板的討論串「洒落怖《要不要來蒐集恐怖到嚇死人的鬼故事？（死ぬ程洒落にならない怖い話を集めてみない？）》」吧？

「洒落怖」裡有個名爲〈扭來扭去〉（くねくね）的故事，說是只要看過「洒落怖」留言串，便沒人不知曉這個故事也不爲過。我推測〈扭來扭去〉的故事應該源自以下這則留言。

212姓名：無名氏在你背後……投稿日：2001/07/07（六）01:28

這是我弟弟告訴我的真實故事。
聽說是我弟朋友Ａ的真實體驗。
Ａ小時候和哥哥一起去母親的故鄉玩。
事情發生在外面是大晴天，稻田新綠抽芽的時候。
天氣明明這麼好，但不知怎地，兩人都不太想出去玩。
於是便留在家裡玩。
冷不防地，哥哥站起來，走到窗戶旁邊。
Ａ也跟著走向窗邊。
順著哥哥的視線看過去，他看到一個人影。
那人穿著一身白（從窗口看不清楚對方是男是女）。
他站在那裡做什麼？Ａ心想。
再繼續看下去，那個穿著白衣服的人開始扭動。
「在跳舞嗎？」
Ａ還來不及細想，那個白衣人的身體已經扭向不自然的方向。

＊

而且關節扭轉的角度非常不合人體工學。
扭來扭去、扭來扭去。
Ａ覺得很可怕，問哥哥：
「哥，那是什麼？你看得見嗎？」
哥哥也回答：「不知道。」
然而哥哥回答後，似乎馬上就知道那個白衣人是什麼了。
「哥，你知道了嗎？快告訴我？」Ａ問哥哥。
「我知道。但你還是不要知道比較好。」
哥哥不願意回答。
那到底是什麼東西？
直到現在，Ａ仍不知道那是什麼。
「再問哥哥一次不就好了嗎？」
我對弟弟說。
因為不搞清楚，我總覺得不太痛快。
結果我弟是這麼說的：

「A的哥哥目前智力有點問題。」

這則留言出現幾個月後，又出現了以下的留言。

212姓名：無名氏在你背後……投稿日：2002/3/21（四）04:17

這是發生在我小時候，去秋田的外婆家玩的事。

我只有每年的盂蘭盆節才會回外婆家，

所以都會立刻和哥哥跑出去玩。

與大都市不同，鄉下的空氣新鮮多了。

我沐浴在涼爽的微風下，跟哥哥在稻田四周跑來跑去。

＊

當太陽升到頭頂，時間來到正中午的時候，風突然停了。

＊

悶熱的風吹過，感覺非常不舒服。

我大聲抱怨：「都已經熱得要死了，怎麼還吹來這麼熱的風！」

剛才涼爽的感覺都被熱風吹走了，讓我有些不太開心。

然而定睛一看，哥哥從剛才開始就一直看著別的方向。

他的視線前方有個稻草人。

「那個稻草人有什麼問題嗎？」我問哥哥。

哥哥回答：「我不是在看那個稻草人，是稻草人後面。」哥哥看得更專心了。

我也被勾起好奇心，目不轉睛地望向稻田的遠方。

結果，我確實看到了。

那是……什麼？

距離太遠了，看得不是清楚，只見有個活人大小的白色物體正歪七扭八地動來動去。

而且周圍只有稻田。

附近不可能有人。

我覺得很不可思議，但姑且先這樣安慰自己：

「那是不是新的稻草人？一定是啦！以前的稻草人都不會動，所以可能是哪個農家的人想到的點子！大概是被剛才的風吹動了！」

哥哥對我斬釘截鐵、不容質疑的解釋露出了釋懷接受的表情，然而那表情一下子就消失了。

因為風戛然而止。

但是那個白色物體還在歪七扭八地動來動去。

哥哥以驚訝的語氣說：「喂……還在動耶……那到底是什麼玩意？」也許是太想知道了，哥哥回家拿了望遠鏡，再度回到現場。

哥哥有些興奮地說：「你等一下喔，我先看！」

哥哥興高采烈地用望遠鏡看。

只見哥哥的表情突然產生變化。

哥哥臉色逐漸變得鐵青，冷汗涔涔流下。

最後連手中的望遠鏡都拿不住。

我被哥哥的異狀嚇壞了，但仍鼓起勇氣問他：

「你看到什麼了？」

哥哥慢吞吞地回答：

「你最好不要知道……」

那已經不是哥哥的聲音了。

哥哥就這麼三步併兩步地回家了。

我立刻想撿起哥哥掉落的望遠鏡，好看清楚害他嚇得臉色鐵青的白色物體，但或許是聽了哥哥的忠告，我最後沒有勇氣看。

但還是好想知道。

遠遠地看過去，就只是白色物體正莫名其妙地扭來扭去。

有點詭異，但我並沒有特別害怕。

可是哥哥卻……

好，只能看了。

我想用自己的雙眼看清楚，是什麼東西讓哥哥這麼害怕！

我撿起掉在地上的望遠鏡，正要把眼睛湊上去——

這時，外公急如星火地朝我跑來。

我還來不及問：「怎麼了？」

外公卻先不由分說地質問我：

「不能看那個白色的物體！你看了嗎？你用望遠鏡看了嗎？」

我聽到後，有些不知所措地回答：「沒有……還沒……」

「那就好……」外公鬆了一口氣，竟當場哭倒在地。

我一頭霧水地跟著外公回家。

一進門，大家都在哭。

為我哭嗎？不，不對。

定睛一看，哥哥發了瘋似地邊笑邊歪七扭八地扭來扭去、扭來扭去，簡直跟那個白色的物體沒兩樣。

哥哥的模樣比那個白色的物體更令我害怕。

離開外婆家那天，外婆說：

「把哥哥留在這裡比較好吧。」

「你們那邊，空間太狹窄了。考慮到左鄰右舍的眼光，大概連幾天都瞞不住……留在這裡，等過幾年以後，再放到田裡是最好的選擇……」

聽完這句話，我大聲哭叫出來。

以前的哥哥已經不在了。

就算明年來外婆家再見到他，那個人也已經不是哥哥了。
怎麼會這樣……我們明明直到不久前還玩得那麼好，為什麼……
我拚命地擦乾眼淚，坐上車，離開外婆家。
我一直盯著望遠鏡看。心想「總有一天……會恢復原狀吧……」，邊想念哥哥原本的模樣，邊眺望一整片綠意盎然的稻田。一面回想與哥哥的回憶，一面盯著望遠鏡看。

（註）本文中的＊皆為原文

這分明是同一個故事，大概是從前一篇投稿的「A」的角度出發，改寫而成的作品。

網路上的鄉民爲這個故事取名爲〈扭來扭去〉，從此以後，扭來扭去就成了網路怪談的代表作。

在那之後，許多人都寫下了「在鄉下的稻田或河流對岸看到人影之類的東西扭來扭去」的經驗談。網路上的鄉民還試圖鎖定區域、考證其與神話之間的關係，鬧得沸沸揚揚。最後他們鎖定了一個地區，認爲是扭來扭去的故事源頭（扭來扭去的故事不是這次的主題，所以就不寫出來了。有興趣的人不妨自己查一下資料，應該也別有一番樂趣）。

這就是「把一部電影切成一幕幕各自獨立的畫面給觀眾看的感覺」。

即使從網路變成紙本，這種感覺也沒有改變。
我想與各位讀者分享這種有趣感。

讀

木村沙織

1

「聽說老師在蒐集怪談。」

由美子沒頭沒腦地在「丸大會」上問我。

「蒐集二字有點言過其實了，不過倒也沒錯，我對怪談很有興趣。」

丸大會是在網路上認識的大學同窗會社團。約莫三年前第一次舉辦見面會，此後就經常聚會，天南地北地暢所欲言，大家的年齡和職業也五花八門。

我有時候會以塗鴉的方式將「鬼故事」畫成漫畫，以「Kimura Saori」爲名在社群網站上發表，而多虧在網路上掀起話題所賜，我還出了一本書，所以也有人會像由美子這樣稱我爲老師。但實在太不好意思了，眞希望他們不要再這麼叫。

「您太謙虛了。我是老師的忠實讀者喔，您是把聽到的怪談畫成漫畫吧。」

「對呀，是這樣沒錯。」

我有些不太服氣地回答。她的言下之意，是說我的漫畫沒有原創性嗎？

「啊，對不起，請不要介意。即使是聽來的故事，畫成圖案或加上視覺效果，感覺就完全不一樣了，總之我眞的是您的書迷啦！」

「謝謝妳的支持。」

我想趕快結束這個話題，用手指敲了敲桌子。不過就算我表現出不耐煩，她大概也不是能敏感察覺到的人。

由美子是比我大十歲左右的全職家庭主婦，人很好，但有些不太會察言觀色。她跟我一樣很喜歡各種恐怖的作品，所以我們很合得來，但是丸大會有個素以溫柔出名的成員，卻因由美子的關係不再參加聚會，所以大家都開始跟她保持距離。我也盡可能不跟由美子走得太近，畢竟如果跟人緣不好的由美子說話，可能連帶我也會受到排擠，無法再跟大家聊天。

然而，由美子今天的舉動比平常更可疑，頻頻地四下張望，左顧右盼，心浮氣躁。

「對了老師，我想提供一個題材給您。」

說得一副施恩的模樣。

不過最近我的投稿收到愈來愈多「又在複製貼上了」、「這是抄襲現有的恐怖漫畫吧？所以才說爆紅後的商業模式都是糟粕」的負評，老實說，我有點提不起勁來。

沒錯，說得直接一點就是江郎才盡了。所以即使是煩人的歐巴桑，只要願意提供題材給我，都是無比感謝。

「當然，我沒有要收謝禮的意思，所以您大可放心！」

我又開始不耐煩了。

「謝謝妳。不過這個聚會也有人不喜歡鬼故事，所以結束後我們再找個地方坐下來喝茶，好好地聽妳說。」

「不用了，不用破費了！」

由美子拚命搖頭，壓低嗓門說：

「我晚點再寫信給老師。如果故事要提升成作品發表，應該會希望先能反覆閱讀吧？不瞞您說，我已經寫好了，晚點再整理成檔案寄給您。眞的非常恐怖喔！您一定要快點看喔。」

由美子向我道別，甩著一點也不適合她、充滿少女風格的衣服，丟下一句「我先告辭了」便離開聚會的餐廳。

To Kimura Saori 老師

第一章　某個夏日的回憶

橘雅紀是國中三年級學生。

那天，雅紀和他的父母，還有就讀高中二年級的姊姊一起回鄉下的祖父母家。

雅紀夜裡突然覺得口渴，醒了過來，想說起床去喝杯麥茶好了。雖然是夏天，但仍夜涼如水，走廊上甚至有幾分寒意。

——嘰嘎、嘰嘎、卡沙卡沙。

鄉下的房子不僅大，還年久失修，偶爾會發出這種嘰嘰嘎嘎的怪聲，所以才令人毛骨悚然。還有，浮現在天花板的巨大污漬，到了深夜也顯得格外陰森詭異。

廚房在很遠的地方，一個人去其實需要勇氣。

——嘰嘎、嘰嘎、卡沙卡沙。

可是他也不敢叫醒睡在旁邊的姊姊。因為姊姊一定會嘲笑他，都已經國三了還怕鬼之類的。

他好不容易鼓起勇氣踏出第一步。就在這個時候——

長長的走廊前方有個發光的白色物體，而且正不斷地往上下左右延伸，不斷地改變著形狀。

「噫！」

驚叫聲險些脫口而出。他心想「完蛋了！」的時候已經太遲。那團白色的物體突然往雅紀的方向直撲而來。同時，逐漸幻化成人形。

他明明想逃，明明覺得非逃不可，但腳就像長了根似地動彈不得。

「倒轉去。」

白色物體在他耳邊竊竊低語，一轉眼就消失了。雅紀這才放聲大喊。

家人聽見他的悲鳴，全都聞聲趕來，安撫雅紀，並走到白色物體出現的位置。那是已經棄置了好幾年、沒人使用的儲藏室。

「哇啊啊！」

姊姊驚聲尖叫，父親眉頭深鎖。有如食物腐敗的臭味撲鼻而來。

眾人開燈尋找臭味的來源。

酒壺（注）、碗盤、米、鏡子——儲藏室裡有個看似已經放了好幾年的神龕。

一個月後，雅紀的祖母去世，祖父也失智了。

雅紀查了一下「倒轉去」的意思，恍然大悟。

注　日文爲德利（とっくり），壺口窄壺身胖，日本最常被用來裝日本酒的酒壺。

2

『老師！如何？您看了嗎？』

由美子寄信過來的隔天，她就用Skype迫不及待地問我。她的聲音還是那麼噁心，又甜又嗲。

「謝謝妳的來信。我只看了第一篇。」

這也不能怪我。我還有工作要忙，可不像由美子是全職的家庭主婦。在社群網站連載漫畫只不過是我的副業，跟興趣沒兩樣。

『欸！快點看嘛，又沒有很長。話說回來，您覺得怎樣？』

「呃，這個嘛，要說恐怖是很恐怖……但是老實說也很普通。是真人實事鬼故事裡經常可以看到的內容。」

在鄉下發生恐怖的遭遇，看到某種不可思議的白色東西，然後就發生不幸。以網路上的鬼故事爲例，可以歸類爲〈扭來扭去〉的類型。

「還有最後的『倒轉去』與祖父母的悲劇……倒轉去是方言『回去』的意思吧。也就是說，因爲對待神龕的態度不夠恭敬，神明回去了，所以才會發生不幸的事。有點說教的意味呢。」

『救命！』

由美子突然大聲呼救。

「怎麼了？」

『呃，沒什麼，沒事了。剛才有蟲飛進來，已經被我打死了，沒事了。』

「蟲……妳眞的沒事嗎？」

她的叫聲聽起來不太尋常，我有點在意。

『……沒事。別管我了，老師，那只是序曲而已喔。』

由美子裝模作樣地發出「呵呵呵」的笑聲。

『快點看完嘛，看完以後，您就會知道恐怖在哪裡了。我很期待老師的感想！』

To Kimura Saori老師

第二章　某個少女的告白

「阿松好聰明啊。」

從東京來的妙子老師是這麼說的。

「阿松應該可以去念更好的學校喔。」

妙子老師摸摸我的頭說。

我最喜歡妙子老師了。她長得漂亮，又聰明，散發出一股有如蜂蜜般的香味。只有妙子老師會稱讚我。

我也很喜歡上學。因為研究數字或圖形，遠比其他小孩喜歡玩的打打鬧鬧或辦家家酒、看的冒險小說或漫畫書有趣得多。

我每次考試都滿分。可是看到滿分的考卷，爸爸總是板著一張臉，不以為然。

「女人不需要學問。」

爸爸將考卷揉成一團，丟在地上踩。

「考得再好也沒用。妳長成這樣，有時間研究學問的話，還不如學點女中（注）的工作。」

我討厭爸爸。他嫌我長得不好看，動不動就出手打我。爸爸體格壯碩、力氣也大，所以被他拳打腳踢後，會有好幾天都無法消腫。

看到我的臉頰腫起來，阿豐姊姊總是笑得樂不可支。

「小龜變成真的烏龜了。」

阿豐姊姊幸災樂禍地笑著取笑我。阿豐姊姊是這一帶最漂亮的美人，可是我討厭她，因為她都喊我小龜。小龜是醜八怪的意思。

我也討厭媽媽。「阿松長得這麼醜，真可憐」是媽媽的口頭禪，媽媽對阿豐姊姊可偏心了。

被爸爸罵的時候，我總是躲進儲藏室看《野狗小黑》。我對漫畫書沒興趣，唯獨喜歡《野狗小黑》。以前妙子老師給我看過，一本給大人看的雜誌裡刊登了《野狗小黑》作者田

注　旅館、和式高級餐廳的女性侍者或僕役。

河水泡的報導。

流浪犬黑吉是野狗小黑的本名。無父無母也沒地方住的黑吉是隻非常可憐的小狗。可是流浪犬黑吉並沒有因此變得垂頭喪氣或失去鬥志。如同「吃得苦中苦，方爲人上人」這句話所說，不管發生再悲傷、再痛苦的事，野狗小黑都能以開朗的心情面對，總是精力充沛地搖著尾巴。

但黑吉也不想永遠當一隻流浪犬，原本連名字都沒有的流浪犬黑吉，下定決心要揚名立萬，成爲世界第一名犬。

野狗小黑給了我勇氣。即使全家人都瞧不起我，總有一天，總有一天我一定能……「想變成像妙子老師那種頂天立地的職業婦女」的希冀，在我心裡一天比一天強烈。聽說妙子老師從東京的女子高等師範學院畢業後就當了老師。老師說過，職業婦女在東京並不稀奇。

不知不覺間，東京成為我夢寐以求的城市。努力讀書不會被任何人嘲笑、女人去工作也不會被指指點點的城市。我好想去東京，想得不得了。

有一天，妙子老師的弟弟來村裡找她。妙子老師的弟弟長得跟她很像，是個眉目清俊的美男子，不止阿豐姊姊，全村的年輕女孩都為他興奮地尖叫不已。也不曉得是否知道女孩都在私底下討論他，妙子老師的弟弟對誰都回以柔和的笑臉。

據我所知，老師是軍醫大佐的女兒，所以弟弟遲早也會變成軍醫科的士官。

總有一天，妙子老師必須回東京老家。

媽媽說，年輕貌美的都會女子本來就不適合待在這種鄉下地方，再這樣下去，老師可能會嫁不出去，孤獨終老。知道是一回事，但我還是不願與妙子老師分開，所以我好難過好難過，難過得眼淚都止不住。

老師聽完我孩子氣的任性要求，輕輕地撫摸我的臉頰，對我說：

「剛好我弟弟在尋找要帶回東京的女人，我拜託他的話，說不定阿松也能跟我們一起走。」

聽到這裡，我樂得都要飛上天了。在我腦海中，充滿了住在有如置身於夢境般的東京美麗豪宅裡，與妙子老師如姊妹般，並肩坐在書桌前學習的畫面。

在那之後又過了一陣子，放學回家沒多久，妙子老師的弟弟就上門拜訪了。我藏不住內心的喜悅，三指貼地、畢恭畢敬地迎接他進門，盡可能表現出貞淑的模樣。

「請問府上可有一位名叫阿豐的女性？」

妙子老師的弟弟以清亮的嗓音問道。

「我就是。」

阿豐姊姊裝模作樣地回答。

「哇，真是個美人兒。」

妙子老師的弟弟將阿豐姊姊從頭到腳打量了一番，微微一笑。但那抹笑容看起來十分刻薄，與平常對小姑娘或孩子們展現的微笑截然不同。我有點怕，不敢再看他的臉。

妙子老師的弟弟給阿豐姊姊一只鱉甲髮簪，說是舶來品，要她插在頭髮上就離開了。

從此以後，直到妙子老師的弟弟回東京前，阿豐姊姊每晚都打扮得花枝招展，不曉得上了哪去。

大概是妙子老師的弟弟回東京以後，又過了兩個月還是三個月的時候。那天，媽媽正在用火缽生火，我在一旁專心地看妙子老師借給我的書。這時，阿豐姊姊踩著實在很難想像是妙齡少女會發出的「趴躂趴躂」腳步聲衝進來。這麼說來，我總覺得阿豐姊姊這陣子好像胖了點。阿豐姊姊湊到媽媽耳邊，鬼鬼祟祟地不知說了些什麼，只見媽媽欣喜得跳起來，決定晚上要為姊姊慶祝。就連只會破口大罵的爸爸也顯得很高興，召集親戚及村子裡的人為阿豐姊姊慶祝。不愧是阿豐、不愧是當地美人、不愧是、不愧是、不愧是……大家都在稱讚阿豐姊姊。

「我要變成有錢人的太太了。」

阿豐姊姊笑著說。見我起身要去如廁，她補了一句：

「要是妳長得可愛一點，倒是可以讓妳當個侍女呢。」

接下來發生的事我記不太清楚了。回過神來時，我的手裡握著支離破碎的鱉甲碎片。

隔天，阿豐姊姊發了瘋似地不曉得在找什麼，一臉凶神惡煞地逼問我：

「妳藏到哪裡去了？」

我說我不知道，阿豐姊姊甩了我好幾個耳光，最後還用腳踢我，踢了好幾下、好幾下。我拚命忍住笑意。

見阿豐姊姊宛如厲鬼般的舉動，就連媽媽也趕來阻止：「妳拿阿松出氣也沒用啊。」

發現阿豐姊姊上吊自殺的是我。

雪白的肌膚已經變得黝黑，眼珠子好似小鹿般突出。光澤耀眼的黑髮隨姊姊迎風搖曳的身體甩動成飛瀑，腰帶鬆脫垂落，滿地都是失禁的大小便。

爸爸比以前更會酗酒，整天扯著嗓子鬼吼鬼叫。媽媽變成一具失魂落魄的空殼，呆呆地看著阿豐姊姊的和服。

彷彿阿豐姊姊已經不在了。

阿豐姊姊明明還活得好好的。

半夜會吊在天花板下，伸出眼睛和舌頭，痴痴笑著。

今晚也聽見阿豐姊姊的腰帶拖在地上前行的聲音。

阿豐姊姊還活著。

所以我沒有錯。

3

手機突然震動起來，嚇了我一大跳。看了眼液晶螢幕，是由美子打來的電話。

『老師，妳看了嗎？』

距離我說才看了第一篇還不到一天時間，這個歐巴桑真的太煩人了。

「看了，不過才看到第二篇。畢竟我還有工作要做。」

由美子完全沒聽出我話裡無所不用其極的嘲諷之意，以刺耳的聲音笑著說：

『真拿老師沒辦法，閱讀的速度也太慢了。所以呢？您覺得如何？』

「這次是大正時代嗎？不對，既然提到《野狗小黑》，所以應該是昭和初期發生在鄉下地方的故事吧。看起來還挺精彩的。雖然是獨白形式，但這是妳寫的嗎？很厲害呢，妳很適合寫怪談。」

『不不不，我與老師差得遠了，我沒有才華。』

我假裝沒注意到由美子故作謙遜的態度。

「標題也前後呼應，但四篇都是各自獨立的故事吧？寫起來是不是很辛苦？」

『這不重要啦。』

低沉的嗓音從手機的另一頭傳來。

『別管有幾個故事。先全部看完再說。快點全部看完。』

「咦？」

突然變得強硬的語氣，以及聽起來一點也不像由美子的兇狠嗓音令我大吃一驚，而不是感到生氣。

感覺過了好一會兒，但沉默其實只持續了十秒鐘左右。

「由美子……？」

我忐忑不安地叫她。

『不好意思，我喉嚨有點不太舒服。』

一如往常的高亢嗓音令我放下心中大石。這種嗓音固然刺耳，但總好過剛才那種帶著惡意的語氣。

『這是一個完整的故事喔，並非各自獨立。』

我還想繼續追問，但由美子不由分說地掛斷電話。

只撂下一句「快點全部看完嘛」。

To Kimura Saori 老師

第三章　某個學生社團的日記

八月八日

東日本醫科學生綜合體育大賽辛苦了！有些人可能因此要補考也說不定（笑）

我們高爾夫球社五年級生現正來到■■縣■■市。

六年級的學長姊們也請暫時忘記國考的壓力，好好享受我們的旅行日記（笑）

提到■■縣，大家都會想到橘子吧？這麼說的話會被小慶笑喔。因為還有鯛魚飯、章魚飯、拉麵……總之有非常多美味的食物！

那麼，明天再接著寫！

奈津子

八月九日

今天去河邊玩。所有人都超過二十歲了，卻樂得跟小學生沒兩樣（笑）可是啊，釣魚很開心，水也乾淨得可以直接喝。更重要的是，鄉下的夏天實在太棒了。明明我老家不在鄉下，卻有股懷念的感覺。

玩得十分盡興後，吃著從便利商店買回來的飯糰（←別去便利商店啦）時，有個東西坐在木板上，從上游漂下來。愛子說那是姬達磨（注），直呼好可愛。但老實說，日本娃娃最好不要亂碰，所以我們又放回河裡。

後來愛子突然說：「摸了姬達磨以後，感覺背後涼颼颼的。」肯定只是因為河水太冷了（笑）我們都笑她是通靈少女，還有人笑她是國中生，要她快點畢業（笑）

不過萬一感冒也不好，所以我們要去泡溫泉了。

信二

八月十日

愛子感冒了。誰叫她昨天玩得那麼瘋。能醫不自醫，這樣不行喔！

今天要去陶藝教室。即使感冒也能樂在其中，安排得真完美 w

我還以為陶藝很無聊，不料意外地有趣。就算失敗也能馬上重來。

沒想到奈津子捏了一個姬達磨。昨天明明嫌棄得要死，說什麼「好噁心」、「一定會做惡夢」，神經也太大條了w

奈津子直嚷著：「欸——我本來沒打算做這個的！」但如果無心之作還能做得這麼好，她應該立刻休學，改當專業的陶藝家w

連陶藝老師都驚為天人，對她讚不絕口。

好好啊，她的手真巧。很適合外科。

回到旅館，愛子的身體還是不太舒服，我有點擔心地問她：「明天要不要留下來休息？」她說她不敢一個人留在旅館裡。整個人也太被姬達磨影響了吧！

明天要去擺滿了姬達磨的神社，沒問題吧？

慶一

注　做成女生模樣的人形不倒翁。

八月十一日

早在西元四世紀時，神■皇后征戰沙場的途中，在■■溫泉待了一陣子，在那裡懷了■神天皇，但仍穿上鎧甲，英姿颯爽地與敵人奮戰，經歷許多磨難仍勇往直前，最後終於完成了艱鉅的任務。美麗又勇敢的皇后在筑前之國產下■神天皇。為了紀念■神天皇剛被生下來、裹在大紅色純棉襁褓中楚楚可憐的模樣，以追憶的方式為他製作黑髮如瀑、美麗又優雅的姬達磨。

這個玩具代表虔誠的信仰，放在小孩子身邊，小孩子就能健健康康地長大；放在病人身邊，病人就能早日康復。

那我們看到的東西該怎麼說呢？不對。那玩意長了牙齒，還看著我們。眼睛是金色的。今天也爬過來了。

那才不是什麼護身符。會用那種眼神看著我們的東西怎麼可能是護身符。為什麼愛子會說那是姬達磨呢？才不是。才不是。才不是。才不是。那傢伙現在也看著我們，爬過來了。

八月十二日

今天是期待已久的溯溪行程！大家都很期待。怎麼可能不期待呢。

你知道河裡漂浮著許多人的魂魄嗎？到處都是。漂滿了整條河。好像要從河裡滿出來了。很迷人吧。瀑布的生命力！生命力！

小嬰兒尤其可愛。我也很喜歡小嬰兒。

話說回來，妳怎麼都不笑呢？妳不能不笑啦，賤女人。賤人賤人賤人。不要臉的賤女人。

奈津子憑什麼喊慶一叫小慶那明明是只屬於我和小慶的暱稱不要臉的奈津子肯定在私底下明知故犯無數次了露出一副淫蕩的表情你們都在騙我害我沒了小嬰兒

妳為什麼不笑呢笑一下嘛賤女人賤女人賤女人

我說錯了，小嬰兒還在（笑）

雖然是夏天，但水好冰啊（笑）

橡皮艇在途中翻覆了。奈津子，妳是不是胖了？

沒關係，河裡還漂著很多呢。

愛子

八月十三日

有七個一定要記住的單字。

豐收

嬰兒

神明

天花板

醫師

殺嬰

不倒翁

4

彷彿在等我看完似地，讀完的那一刻，我立刻接到由美子的來電。

我幾乎要懷疑她是不是在哪裡監視我了。

就算想視而不見，由美子大概也不會輕易罷休。我百般不情願地接起電話。

『老師老師，您、看、了、嗎？』

「看了，看完第三個故事了。這是部落格的連結吧。我沒想太多就點進去，後來才想到萬一有病毒就死定了，還急得要死。」

我故意以開玩笑的口吻說，卻得不到任何回應，由美子似乎還在等我的感想。

「這是妳寫的嗎？寫成部落格的形式，更有真實感了。而且還附上照片，看得我心驚膽戰。只可惜劇情過於超展開，有很多看不太懂的地方。奈津子從愛子手中搶走慶一，導致愛子墮胎，恨意讓愛子精神失常……這部分我能理解，但不明白以姬達磨為主線的用意，還有最後那七個單字。」

『您真的不明白嗎？』

由美子的語氣十分冰冷，還帶點黏性，讓我覺得背後好像有蟲在爬。

『這個玩具代表虔誠的信仰，放在小孩子身邊，小孩子就能健健康康地長大；放在病人身邊，病人就能早日康復。』

「這是文中對姬達磨的說明吧。我因爲好奇查了一下，發現是愛媛縣的民俗藝品。雖然也有很可愛的不倒翁，但確實有點陰森。」

『豐收嬰兒神明天花板醫師殺嬰不倒翁，老師居然不知道這七個單字的意思，眞是笑死人了。』

「等一下由美子，這麼說也太沒禮貌了吧。」

我試圖用憤怒化解恐懼，口不擇言地說。

「有些話心裡想想就算了，不用說出口啊。由美子，妳有時候眞的不會察言觀色，不以爲意地出口傷人。我身邊沒幾個談得來的朋友，所以一直忍耐到現在，但幾乎也快要忍無可忍了。」

『……對不起，老師，原諒我嘛。』

由美子連忙曲意承歡地求饒。或許我也說得有點過分。就算對方出口傷人，也不表示自己可以傷害對方。

『可是，可是啊老師，我只是希望老師能留意到，這是一個完整的故事。』

「原來如此，原來是那種形式的故事啊。我也愛看推理小說，所以會努力解謎的。」

這大概不是眞實故事，而是由美子杜撰的。既然她會創作，乾脆直接投稿到小說網站上不就好了嗎。但又想到，如果她是爲了讓我這個爲數不多的恐怖同好第一個閱讀，倒也挺受用的。

『知道這點會更好看喔。』

「說得也是。那我就看到最後再來對答案。」

『靜候佳音喔。』

由美子丟下一句「要全部看完喔！」後，掛斷了電話。

To Kimura Saori 老師

第四章　某個民俗學者的手記

我在[redacted]縣[redacted]市待了一段時間。與當地人交流，觀察當地的風土民情。

首先令我驚訝的是，這裡沒有生病的小孩。根據我的經驗，這個年紀的小孩很少不生病，所以無論是遺傳的基因，還是外在的、營養方面的因素，我都對當地的小孩為何不會生病一事充滿了好奇心。

（中略）

[redacted]還有一點令我驚訝的是，家家戶戶都奉行只生一個小孩（一胎化）的信條，所以每個家庭都只有一個兒子或女兒。所以聽到我說「我有兩個哥哥、三個妹妹」時，當地人都驚呆了。

不過，我可以理解當地不得不奉行一胎化的原因。

我推測農村的人都具有高度必須減少人口增加的意識。因為三五不時會發生饑荒，農地不足也是很嚴重的問題。

據[redacted]所說，因為[redacted]的饑荒，從初秋就開始有人餓死，等到山林裡不再有植物的降雪期，也有人會因沒東西吃而活活餓死。在餓到甚至要吃屍體的情況下，殺嬰也是為了讓更多人活下去而不得不為的手段。

（中略）

所謂的殺嬰不是墮胎手術，而是採取更直接的方法。

[redacted]的居民經常拜託鎮上的醫師開立死亡證明書，但在大部分的情況下，醫師都會拒絕。

（中略）

來到這裡已經三年了。

最令我印象深刻的是，沿著河邊走的時候，在「豐淵」的地方有一棟粗製濫造的小屋，不知是誰在牆上畫了一整牆色彩鮮艷、驚心動魄的圖畫。

畫中的女人披頭散髮，露出厲鬼般的表情，扯斷嬰兒的四肢，正在狼吞虎嚥嬰兒的內臟，殘酷至極。到了晚上，女人的臉朦朧地倒映在河面上，甚至還散發出一股腐爛般的臭味（這條河的河水含有大量硫磺），令人不寒而慄。

因為能理解這幅畫的用意，所以我才更覺得不忍。

另一方面，走進小屋裡一看，發現空間頗為寬敞，煞有其事地鋪著木頭地板。後面有個神龕。

不經意地抬頭看，天花板有一片很大的污漬，令人聯想到伏見城的染血天花板。

伏見城陷落時，死守到最後一刻的鳥居元忠等三百八十多名士兵，聚集在伏見城的「中殿」自刎。

自刎的現場慘絕人寰，當時流的血染紅了地板，事後再怎麼洗、再怎麼削掉染血的部分，都無法消除血跡。

德川家康得知此事，為了告慰包括元忠在內的士兵們在天之靈，於是叫人拆下地板，嚴命「絕不能鋪在地上」，改而變成養源院等幾座寺廟的天花板。

以下是我的臆測，除了因為饑荒被殺死的嬰兒外，這裡同時也供養著因某些悲傷理由而離開人間的死者。

我忍不住雙手合十，對神龕敬拜。

（中略）

我真是錯得離譜。

才不是供養死者。

才不是小孩都不生病，而是不再有生病的小孩。

當我意識到這點時，我從科學的……不，倫理的角度出發，試圖從道德上說服大家，但我又錯了。

從深淵裡爬出來的女人，摧毀了我長年以來信奉（我只能這麼形容）根據實地調查所建立的實用主義。

那幅壁畫並非憑弔，而是忠實地描繪出發生過的事。

（中略）

我決定離開[redacted]。

儘管對這裡的人情味，以及好不容易習慣的悠閒生活還有所眷戀。

但豐淵已經困不住她了，她開始來家裡找我。或許只有嬰兒已經不夠了。

絕不能讓人看到我的手記，免得有人一時鬼迷心竅想來這裡探險。

所以我故意不寫出地名。

5

看完第四個故事後，我看了看時鐘。早已過了平常由美子打電話給我的時間，可是手機和Skype都靜悄悄的。

以往覺得她的電話很煩人，如今卻滿心盼著想快點跟由美子說上話。

起初以爲只是蒐集標題相似的怪談，可是看完四篇故事後，我恍然大悟。這是個看著看著，伏筆會逐漸收攏的恐怖推理小說。

出現在〈某個少女的告白〉裡，那個遭到妹妹背叛、上吊自殺的阿豐，是這一連串故事的關鍵人物。

順著時間軸排下來，大概是以下的順序：

〈某個少女的告白〉
↓〈某個民俗學者的手記〉
↓〈某個夏日的回憶〉
↓〈某個學生社團的日記〉

阿豐死後變成怨靈。或許是死亡當時已經身懷六甲，所以充滿對小孩的強烈執念與嫉妒心。出現在〈民俗學者〉裡殺死嬰兒的壁畫，即爲阿豐的怨靈吃掉嬰兒的畫面。爲了鎮壓這強大的怨靈，村民不止將當地取名爲「豐淵」，還得獻上自己的孩子作爲活祭品。之所以每個家庭只有一個小孩，之所以村子裡都沒有生病的小孩，大概是因爲全部獻給阿豐了。村民還蓋了一個類似祠堂的場所，在裡面設置神龕。

出現在〈夏日回憶〉的神龕，恐怕就是那座神龕。可能是神明聽見他們的祈求，不再出現靈異現象（說是怨靈作祟也無妨）。然而，或許是好了傷疤忘了疼，又或者是因爲改朝換代，新任屋主忘了這件事，對神龕的態度開始變得怠慢。結果神明被氣走，怨靈又開始作祟。

〈學生社團的日記〉裡，學生社團造訪之地好死不死正是豐淵。再加上剛好有學生（愛子）因爲社團內部的戀愛糾紛而墮胎，所以受到阿豐的影響。看完這四個故事後，最後一定要記住的七個單字也可以有著各種解釋。

豐收→大概是指阿豐。

嬰兒→阿豐死去的孩子，又或者是被她吃掉的孩子。

神明→鎮壓住靈異現象，卻被遺忘、遭捨棄的神明。

天花板→整合〈夏日回憶〉、〈少女〉、〈民俗學者〉的線索，大概是阿豐上吊時染上污漬的地板，後來變成祠堂的天花板，以及少年的祖父母家天花板。

醫師→阿豐肚子裡孩子的父親、殺嬰的醫師，以及出現在〈學生社團〉裡的學生全都是醫學生。

殺嬰→字面上的意思。

不倒翁→大概是指祈求孩子健康成長的不倒翁，但不倒翁同時也象徵著四肢不全的人類。所以可能是指被阿豐扯斷四肢的孩子。

由美子說得沒錯，所有的故事都連起來了。以恐怖推理小說而言，因爲說明得不夠完整，所以完成度很低，但考慮到出自外行人之手，而且是平常沒有創作習慣的由美子，這種程度已算是很好看了。說明不夠完整的部分，或許是爲了分享感想時能討論得更熱烈，因而刻意爲之也說不定。我覺得鬼故事就是要有點看不懂才有趣，至少這是我喜歡的作品。

我好想快點跟由美子確認答案，甚至想主動打電話給她。但這個時間還打電話給別人也太沒禮貌。

正當我打算早上再傳簡訊給她時，家裡的對講機響起了。

6

這個時間應該不太可能是快遞。我確認對講機的畫面，有個女人的臉部特寫正大大地出現在螢幕裡。

我尖叫一聲，往後退了好幾步。

過程中，對講機又響了幾次。

受不了這種讓人想摀耳朵的連續噪音轟炸，我小心翼翼地打開麥克風，問對方：「請問是哪位？」

『老師，您在家吧？』

是由美子。

『在家的話請快點讓我進去。』

由美子以沒有抑揚頓挫的語氣說著。

我非常後悔把手機放在廚房。或許是因爲剛看完怪談，還以爲是幽靈之類的東西找上門來，爲此害怕了一下。但仔細想想，會在這種時間上門的人類毫無常識，反而更危險。更何況——

「由美子，妳怎麼知道我住在這裡？」

『哈、哈、哈。』

由美子笑了，黑漆漆的口腔佔滿了整個螢幕。

『這不重要。總之先讓我進去嘛。反正您一定還沒完全看完吧。』

「這很重要！」

這女人不太正常。明知不能隨便刺激她，但我的音調仍是因恐懼與憤怒高了八度。

「請恕我不客氣地說，妳眞的很不正常。有必要爲了確認我是否有看完妳寫的小說，而跑到我家來嗎？這太奇怪了！我要報警了！」

『因爲您還沒看，我才來的！！！！』

對講機嗶哩嗶哩地震動起來。由美子把臉貼在鏡頭上，眼睛睜到最大。

『因爲妳還沒看，所以才能這樣嬉皮笑臉地活著吧，我來讓妳看，我會讓妳看到最後喔，所以快點看嘛，給我看到最後快點、快點、快點、快點——』

由美子的腦袋前後搖晃，跳針似地重複著「快點」二字。每次都好像把頭往門上撞，從玄關傳來重物敲擊的悶響。只隔著一片門板的現實令我膽戰心驚，不曉得她會對我做什麼事。即使要報警，也得想辦法先讓她冷靜下來才行。

「我、我看完了。」

好不容易擠出聲音來。

「我全部看完了，也知道妳說這是一個完整的故事是什麼意思。非常有趣，妳很有才華。」

『什麼？』

由美子倏地靜止不動。

『妳全部看完了？』

「對，我全部看完了。這個故事好像是在講阿豐作祟……」

『少騙人了！』

由美子隔著對講機，目不轉睛地瞪著我看。

『既然妳全部看完了，爲什麼什麼事也沒發生！』

有如從地底傳來的聲音。

『都是妳不好。■■旅行是妳設計的吧。』

聽到■■，我想起來了。去年「丸大會」旅行的主辦人確實是我。我選擇了旅費最便宜、還有溫泉及各種活動設施，不分男女老少都能玩得很盡興的■■。

這時，下列名詞宛如電流般地竄入我腦中。

鯛魚飯、章魚飯、拉麵、溯溪、硫磺味、姬達磨。

我們去的■■難道是——

『因爲去了那種地方害我查了一下呼喚一下從此以後就看見了看見了不知該如何是好滿出來了溢出來了一直看著我到底該怎麼辦才好爲什麼妳可以沒事呢爲什麼？爲什麼？妳也呼喚了嗎？沒有吧？所以才沒事吧？所以才看不見聽不見吧？都是妳的錯所以快一點……』

聲音突然聽不見了。由美子貼著對講機，雙眼發直地微微顫抖。

『來　了。』

由美子的身體高高彈起，浮在半空中。手臂往不同的方向扭曲，有如壞掉的扯線傀儡般不住搖晃。

——嘰嘎、嘰嘎、卡沙卡沙。

肩膀變得好重，肺部彷彿受到壓迫，我無法順暢呼吸。明明都快要站不住了，卻怎樣都無法從對講機上移開視線。

——嘰嘎、嘰嘎、卡沙卡沙。

由美子的手腳扭轉到極限，被揪扯成碎片。她的樣子像極了不倒翁。

先是腹部，再來是胸部，再來是頸部。伴隨著折斷骨頭的聲音和令人想捂住耳朵的咀嚼聲響，變成不倒翁的由美子慢慢地消失。

對講機裡已經沒有任何影像。我仍然整個人站不起來。

7

不知過了多久，耳邊又傳來對講機的聲音，我幾乎反射性地打開麥克風。

說不定是由美子，說不定她會告訴我這一切都是個惡劣的玩笑。如果真是這樣，我可以不追究她騷擾我的事，或許還能再跟她一起聊聊鬼故事。

然而事與願違。天已經亮了，這次只是正常的宅配。見我以顫抖的手接下橄欖油的年終禮品，已經有過數面之緣的宅配員對我說：「妳的臉色好難看啊。」

接著我開始思考，那可能是我深夜看完鬼故事後做的惡夢。否則明明發生了那麼恐怖的事，門口卻一點痕跡也沒有。所以我的結論是，這一切都不是現實。

由美子缺席了接下來的「丸大會」。大家都認爲我跟她最要好，所以紛紛問我：「由美子怎麼沒來？」我也不知道，所以無從回答。在那之後，大家說了一會兒由美子的壞話，氣氛頗爲熱烈，但隨即便轉移到其他更有趣的話題上。

那一陣子，我晚上很害怕獨處，多次請弟弟或男朋友來家裡陪我，晚上還會關掉對講機的電源。然而當恐懼逐漸淡去，我現在甚至敢在睡前看恐怖電影了。

結果我並沒有把那個故事畫成漫畫。說得更確切一點，我今後大概都不會畫漫畫了。

我現在還是很喜歡怪談，但如果要畫成漫畫，就必須仔細查證、思考故事的起源，總之，都會讓生活被怪談侵蝕。

夜路走多了遲早會碰到鬼。

我開始害怕事情將演變成這樣。

再說了，我的漫畫只是剛好經由社群網站引起關注，本來就達不到成爲專業漫畫家的水準，也沒有從今以後要靠這份工作餬口的氣魄。所以我決定回頭當個消費者。古人也說「不找死就不會死」，不是嗎？

後來我沒再接到由美子的電話。我甚至覺得，或許連那個故事本身都是幻覺，但她寫的故事仍存在於我的收件匣裡。

大約過了一個星期，我收到一封主旨爲〈某個不倒翁的始末〉的信，寄件者是沒看過的郵件地址，我看也沒看就刪除了。

最後，爲了不要再節外生枝，我就不寫出[redacted]旅行的地點了。

以上是網路上和我是好朋友的木村小姐（假名）的眞實體驗。我很喜歡她畫的漫畫，還寫下感想寄給她，從此開始產生交流。

她出過一本恐怖漫畫是事實。不再畫漫畫也是事實。

「反正我已經不打算畫了，也沒興趣發表，所以你要怎麼處理都沒關係。」

有一天，她突然以分鏡（用於表示漫畫的畫格、構圖、台詞、人物大致上要如何呈現的草稿）的方式寄給我漫畫的檔案。

我感激地收下，並且做了一些修正（文中提到的「丸大會」等等都是假名），改寫成文章。

可是都已經切好分鏡了，不畫成漫畫太可惜了。聽到我這麼說，她的表情蒙上一層陰影。

「太危險了。」

她說，由美子消失後，她偶爾還會聽到牆壁嘰嘎作響的聲音。

我告訴她：「妳一定是被聽到的話、看到的內容影響了。」但對實際看到有人慘死在自己面前的人而言，這樣說可能也無法帶來任何安慰。

對此她回答：「我家明明是新房子，卻還是每天都聽到嘰嘎嘰嘎卡沙卡沙的聲響。」不過即使是新房子，房間也難免會因日夜的溫度變化而發出怪聲，只是剛好跟故事中「嘰嘎嘰嘎卡沙卡沙」的聲音雷同罷了。

雖然對木村小姐很不好意思，我雖喜歡鬼故事，但是完全不相信這種怪力亂神的事。思覺失調症或路易氏體失智症（注）等患者，經常向我強調他們看得到幽靈這種根本不存在的東西（還有人聽說我喜歡鬼故事後，一臉想不開地對我說「我家有二十尊座敷童子」，而那名患者也有精神疾病）。

我不認爲所有具有靈異體驗的人都是精神病患，但至少我沒看過也沒聽過，所以不太相信。倒也並非不害怕，畢竟看了或聽了怪談後，不可能不感到害怕。

所以我對木村小姐說的話半信半疑。

她跟我一樣，都是熱愛鬼故事的同好，但她的情緒可能比我敏感得多。身爲醫療從

注　第二常見的退化性失智症，僅次於阿茲海默氏症。患者容易出現精神病狀。

業人員，這麼說或許不太得體，但這就是所謂的病由心生。

話說回來，這個故事比起靈異現象，更恐怖的其實是由美子這女人的瘋狂程度。這種一廂情願、性格棘手的女人並不罕見。我認爲這個人物很好地表現出這類女人的壓迫感。

將這個故事的草案（漫畫的分鏡）寄給我之後，木村小姐就毫無預兆地註銷帳號，我也從此失去聯絡她的管道。不，老實說，如果想要取得聯繫，其實都還有其他許多辦法，但我就是提不起勁來與她聯絡。

因爲將她的漫畫轉化爲文字時，我發現了一件事。

我剛才讚美陰森感表現得很好的「由美子」，可能是我任職醫院裡的患者。

我沒見過「由美子」，但有個人物與她極爲神似。

約莫是木村小姐寄草稿給我的幾個月前，我在休息室休息時，護理師中山小姐來找我說話。

中山小姐的性格十分豪爽，是很適合短髮的女性，意外的是與我有相同嗜好。據她本人說，她擁有靈異體質，所以經常提供我那方面的話題。

「醫師，昨天來了一個奇怪的病人。」

中山小姐神神祕祕地笑著小聲說。每次她要講怪談時都會露出這種表情。

「她說去旅行回來後，身體很不舒服，肯定是被什麼髒東西附身了。」

「看樣子她是掛錯科了。」

我笑著回答，中山小姐搖頭。

「可是確實有症狀喔。肩關節周圍炎，肌腱斷裂。」

肩關節周圍炎一般俗稱五十肩，好發於四十歲以上的中年人。

「完全斷裂嗎？對方幾歲？」

「三十八歲。」

「嗯……還很年輕嘛。不過三十八歲也快算是中年了，倒也沒什麼好不可思議。」

「可是也有診斷出外傷。」

「原來如此，所以那個人怎樣了？」

中山小姐喝了一口咖啡說：

「因爲她一直吵著被附身了被附身了，所以我告訴她醫師的事。我說我們醫院裡有個專門蒐集怪談及超自然現象的怪咖醫師，那位醫師可能知道些什麼。」

「等等，怪咖是什麼意思！」

中山小姐笑得十分開朗，拍拍我的肩膀。

「抱歉啊。總而言之，那個人大吵大鬧地要求換主治醫師。我告訴她你今天出門看診，不在醫院，而且除非有什麼特殊理由，否則無法更換主治醫師。」

「話雖如此，著實很令人在意啊。」

「是不是！所以那個人今天先回去了，說她明天還會再來，嚇死我了。」

「也就是說，她今天會再來嗎？也太恐怖！」

「哈哈哈。要是沒掛號直接過來確實很傷腦筋，如果我看到她，再向你報告。不過消除患者的不安也是我們的工作喔。」

中山小姐說到這裡，便走出休息室了。

我確實很喜歡這方面的話題，但僅止於蒐集而已，我既不認識通靈者，也沒有能力解決任何問題。萬一對方知道這件事，會不會反過來遷怒於我呢？來看病的患者基本上都是身體不舒服，連帶著精神也很緊繃，即使平常看起來頗爲正常，也不能掉以輕心。雖然這實在不能怪他們，但還是改變不了令人畏懼這點。

我希望對方是個稍微能溝通的人，也事先做好心理準備，但一整天下來，中山小姐沒再過來找我。

大約過了兩週後，我問中山小姐：「那名五十肩的恐怖患者如何了？」中山小姐說：「明天會過來。」結果還是沒來，後來直到掛號那天都沒出現。

掛了號卻沒來、情況稍微好轉就人間蒸發……這種病人我見多了，所以很快就忘掉那名患者的事。

可是看完這個故事後，我愈來愈懷疑那名患者是否就是「由美子」。

據中山小姐轉述，那名患者跟「由美子」一樣，都穿著少女般的衣服，拖著語尾助詞，講話方式十分特殊。不僅如此，考慮到隱私的問題，在此先略過不寫出來，但那人的本名與「由美子」的音節十分相近。

我有個非公開的帳號，包括木村小姐在內，只有幾個人能看見。我都用那個帳號發表職場上的事。其中應該也曾提到過我懷疑是否爲由美子的那名患者，所以木村小姐可能也看到了。

木村小姐看到之後，給了我漫畫的分鏡，接著註銷帳號。她這麼做的原因可能有兩種情況。

一是這個怪談眞有其事。

給別人看引起怪事的作品，讓詛咒擴散開來、並藉此脫身，有個有名的故事〈連鎖〉就是在描述此行爲。木村小姐該不是對我幹了這種好事吧。甚至還註銷帳號，或許就是爲了避免詛咒回到自己身上。

如果是這樣，我在她眼中只不過是個「是死是活皆與我無關之人」。

另一個情況則是，這個怪談純屬創作。

如果是這樣，刻意在故事裡塑造跟那名患者特徵如出一轍的人物，還寫成讓讀者參與其中的怪談再給我看的行爲，這幾乎是故意針對我了。

無論是哪種情況，會做出這種事的人想必都對我懷有惡意，今後最好不要再與她扯上關係方爲上策。

事情發展至此，我開始思考「以怪異爲主題的創作」這件事本身。

對於創作這件事，我認爲「不要太害怕」也很重要。

霍華．菲力普．洛夫克萊夫特（注）也說過，「唯有不害怕的人，才能創作出超乎想像的恐怖故事」，即使不是從創作出優良作品的角度來看——各位讀者看過《稻生物怪錄》嗎？江戶中期，在現今的廣島縣三次市有位名叫稻生平太郎的居民（當時十六歲），他把一個月內體驗到的怪異寫下來，是謂《稻生物怪錄》。故事描寫平太郎因爲試膽大會而惹惱妖怪，導致各種妖怪在平太郎家連續出沒三十天。平太郎每次都當作沒看見，最後妖怪的老大山本五郎左衛門十分讚賞他的勇氣，送給了他一把木槌。

（倘若與由美子有關之事都是眞的）像木村小姐那樣動不動就被屋子發出的聲響嚇得六神無主、方寸大亂的話，反而很容易受到不好的影響。

因此，希望各位讀者不要太過害怕，把它當成是一般創作來閱讀就好。

接著過了幾個月後，我開始覺得木村小姐把漫畫分鏡寄給我的動機，並不是「爲了讓詛咒擴散開來」。

我在替精神病患做檢查時，忽然想到這個可能性。

接下來，是我根據幾年前看到前輩醫師的病例研究資料，所撰寫而成的創作。

注　Howard Phillips Lovecraft，一八九〇～一九三七年，美國小說家，其筆下的克蘇魯神話，被認爲是二十世紀最偉大、最具影響力的古典恐怖小說體系。

語

佐野道治

八月十三日

「道治大概不知道這一行的規矩吧……我們有個讀者獎。」

雅臣邊說邊攪拌冰淇淋蘇打。

雅臣是我大學時代的同學，目前在一家小出版社上班，主要出版與超自然現象有關的書籍。

他的學業成績很優秀，又很仗義，非常受歡迎，但不知道爲什麼，特別喜歡怪力亂神的事物。這也不禁讓人覺得這份工作眞是再適合他不過了。

他說好久不見了，兩人是否見個面，我當然二話不說地赴約。但他與其說是有話想跟我說，其實是有事想拜託我。

「我們出版社每年都會舉辦『眞有其事怪談徵文』，蒐集到很多恐怖又有趣的故事，辦得非常開心。」

「哦，就是那個的『讀者獎』啊。」

「嗯，沒錯。由讀者票選出來的作品。」

「可是你應該知道我很少看小說吧？我不討厭恐怖作品，但基本上只看電影和網路上的鬼故事，所以不太清楚小說的優劣。」

「哦！沒問題沒問題，包在我身上！」

攪拌過頭的冰淇淋蘇打都快溢出來了。雅臣也不用吸管，直接「咕嘟咕嘟」地發出巨大的聲響，邊喝邊說：

「已經決定了。」

「什麼？」

雅臣討人喜歡的豬肝色臉龐笑得有些扭曲。

「讀者獎要選哪一篇已經決定好了。不要告訴別人啊。像我們家這麼小的出版社……你明白吧？」

「嗯，我明白。」

好像明白，又好像不明白。我不了解出版社的內幕，但爲了減少經費，這也是在所難免吧。

「所以你只要看完那篇作品，寫下感想就行了。」

「什麼就行了……」

雅臣強人所難這點還是跟學生時代一模一樣。不可思議的是，我倒是不討厭他這點，或許是因爲他的人格魅力所致。

「拜──託──嘛──你喜歡鬼故事不是嗎？因爲是眞人眞事，感覺也不像一般小說那麼死板……好嗎？我請你喝一杯！」

「才一杯嗎！」

接著雅臣丟下一句「我晚點再把檔案寄給你」，搖晃著龐大的身軀就離開了。

就這樣，我被迫接下閱讀「已經拍板定案」的讀者獎小說，並寫下感想的任務。

佐野道治先生：請看附加檔案。

關於[redacted]家的埋葬①

酒井宏樹

當今日本社會，火葬是最普遍的殯葬方式。

這是由成立於昭和二十三年的《墓地、埋葬等相關法律》(注)制定的結果。

不過法律總有漏洞，若無論如何都想土葬的話，聽說也可以去找持有土地在法律頒布前即為墓地之用的人，買下對方的土地，當成自己的墓地即可。

這次我調查的對象，就是至今仍舉行土葬的[redacted]縣[redacted]家。

首先關於土葬，我猜各位想像中的土葬應該是像國外那樣，或是像進火葬場焚化前躺著入殮的狀態。但江戶時代有所謂的座棺，據說是將遺體的手腳折彎，放進形狀有如木桶的棺材裡。

注「墓地、埋葬等に関する法律」，於一九四八年頒布。

[redacted]家的土葬又有點不太一樣，他們是扭斷遺體的手腳，只把身體放進棺材裡。

並非所有[redacted]家的人皆以這種方式土葬，只有本家，也就是長子一家，代代皆以這種方式進行土葬。

這次為了了解這種匪夷所思的墓葬方式，我成功地訪問到[redacted]家的分家山岸先生。以下是以錄音檔整理成的紀錄。

＊＊＊

你知道蛇神大人嗎？

係呀，據說能帶財。因此[redacted]家現在才會那麼有錢。雖然我不相信就是了。

還有啊，這裡有條河經過，以前只要颱風過境就會淹水。

那你聽過人柱（注）嗎？

你可能會覺得很殘忍，我也這麼覺得，但以前很常見喔。

基本上都用壞人當人柱。因為做成柱子是一種功德，等於壞人可以因此積德。蛇神大人也很滿意，對我們和壞人都有好處，等於是三贏的局面。當然我也不能接受，但以前的人確實是這麼做的。

話說蛇這種生物沒有手腳不是嗎？因此在做成柱子的時候，要先扭斷壞人的手腳。

係呀係呀，我也覺得很不可思議。

即使是壞人，也不能平白無故地殺掉，不然一定會遭天譴。因此從很久很久以前，[redacted]的女人就變得、、很奇怪。

也有人無緣無故自殺。那還算好的，有人甚至殺死自己的小嬰兒呢。

再繼續這樣下去，就連[redacted]家以外的小嬰兒也會死掉。所以其他人都說是[redacted]家作祟，蓋了祠堂，加以供養。結果這次居然拿小嬰兒當人柱，真是有毛病。

結果還是不行，於是這次又找來祈禱師。祈禱師看了以後，說果然還是柱子有問題。

換成現在的說法，祈禱師其實就是所謂的「驅魔師」。

所以啊，[redacted]的當家被扭斷手腳，埋進柱子裡。

說了「[redacted]喔」。

接下來的事我就不清楚了。因為我也離開了那個家。

注　破土動工前，先把人活埋在柱子裡，藉此祈求工程順利的陋習，又稱爲「打生樁」或「活人奠基」。

現在好像已經沒那麼誇張了，可是居然搞出人命，人的執念真的很強烈。
實在不該為了天曉得到底存不存在的神明殺人。即使是壞人，也是一條人命啊。
對了，你有小孩嗎？沒有啊，那就好。
別再追究下去了。那根本不是我們能應付的事。
也不能告訴別人喔。回家路上要注意安全。

八月十三日

「這是什麼鬼東西。」

聽到我忍不住脫口而出的吶喊，妻子裕希走過來問我：「怎麼啦？」

我看了雅臣寄給我的那篇讀者獎小說的第一章，這人到底在寫什麼啊。雅臣說是眞人眞事，所以我還以爲是「這是●●親身體驗～的故事。●●年輕時跟狐朋狗友去試膽」那種類型的故事。

可是這篇文章就像是三流寫手寫的網路報導，是很驚悚沒錯，可是沒頭沒尾，爲什麼要把讀者獎頒給這種作品呢？

更何況——

「啊，這是我們那邊的方言喔。」

裕希說。

「欸，眞的嗎？等等，妳看了啊？」

「沒有，我沒看啦，只是稍微瞄到一眼。係呀、所以啊，眞令人懷念。」

裕希溫柔地微笑。

她眞的好可愛。裕希長了一張肉呼呼的圓臉，身體線條也很圓潤，牙齒十分工整，光是笑容就讓我時時刻刻沉浸在幸福裡。

而且她的心胸就跟外表一樣寬大，我從沒看過她大聲叫罵或說別人壞話。

我對她一見鍾情，婚後也一天比一天更愛她。

自從認識以來，我從未聽她說過一句方言，而就連這篇文章令人毛骨悚然的方言，從裕希嘴裡講出來也變得好可愛呢。

「這樣啊。但這篇文章妳還是不要看比較好，總覺得內容不太吉利。不過也因爲是創作，所以是假的。」

在我的攔阻下，她點點頭，又回廚房去了。

再不久後，我就要當爸爸了。

佐野道治先生：上次那篇你看了嗎？（笑）

這是由與上個月去世的怪談蒐集家多明尼克・普萊斯先生有著深厚交情的中居薰先生，接受敝雜誌社採訪時說的話整理而成。

＊＊＊

多明尼克先生從小就對怪談很感興趣，十五歲看了小泉八雲的《日本瞥見記：異文化的觀察與愛戀》後，從此不止怪談，對所有的日本文化都開始充滿興趣。

他在祖國的大學從日文系畢業後，移居日本，蒐集各式各樣的怪談。然後不曉得從哪裡聽到風聲，找到[redacted]這裡來。

他的性格很好，又會日文，沒多久就受到大家的喜愛，看起來比從東京回鄉的我更加適應當地。

這片土地有個令人不寒而慄的習俗，因此我始終無法喜歡故鄉。

沿著河邊一直往前走，有個地方立著一棟孤零零的小屋。晚上去那裡會看到一位前所未見的絕世美人，發出「請進來坐坐」的邀請聲。小屋裡提供的食物非常美味，與美人聊天也是人間一大樂事。

盡情享受後，到了該回家的時候，美人會告訴進屋的人一件事。據說若是把那件事告訴別人，會發生非常嚴重的後果。

事實上，真的有那棟小屋。我小時候曾經和鄰居小孩假借試膽大會之名去看過，只可惜小屋看起來太髒了，我實在不想進去。

而且不曉得是誰說溜了嘴，去小屋探險一事被父母發現，地方的士紳[redacted]先生輪流對我們飽以老拳。總之是一段非常不堪回首的記憶，所以後來我盡量不想起小屋的事，包含[redacted]先生在內。住在這裡的當地人都極為忌諱提起小屋，所以我對小屋的了解也僅止於此，但那裡似乎便成了知情者之間相傳的靈異景點。

多明尼克先生也是對此事充滿興趣的其中一人。他一家家敲著村裡每戶人家的大門，鍥而不捨地打聽。

如前所述，當地的老人非常忌諱提到這件事，所以只有小時候從祖父母口中聽過此事的三、四十歲村民，以及曾居住過此地的人知道詳情。

過了一個月左右，多明尼克先生說「時機成熟了」，於是深夜動身前往那棟小屋。隔天他意氣風發地回來，雙眼閃閃發光地說：「真的有呢。」

包含我在內，比較年輕的村民聞言都哈哈大笑，沒人相信。

大家都知道他到處打聽小屋的事，所以也都認為他大概是被誰捉弄了。聽我這麼說，他很不服氣，不僅說他真的看到美人了，還說他在村裡從未見過那麼漂亮的美人，所以村子裡的女人聽了當然很不高興。

後來不曉得是誰建議道，那就說來聽聽吧，那時剛好是夏天，來辦個怪談活動，他可以在活動上分享。雖說是活動，但也就是帶著糕點和酒，在較晚搬來本地的人家裡聊天罷了。

酒過三巡的半夜兩點，活動開始了。

多明尼克先生並未直接進入正題，而是講了幾個他遊歷諸國、蒐集怪談時聽到的奇聞逸事。

他很會講故事，每個故事都很可怕，就連喝太多開始發酒瘋的人也逐漸聽得入迷。

就這樣大概過了一個小時之後。

「■■■■■喔。」

不曉得是誰開的口。

「知道了知道了，那我就開始了。」

多明尼克先生站起來，關掉房裡的燈。為了營造出恐怖的氣氛，還刻意點了蠟燭。

多明尼克先生的湛藍雙眸在陰暗的房間裡閃閃發光。

「以下是我在某個地方的親身經歷。」

「唷！等好久啦！」澤田鼓譟著。

「以下是我在某個地方的親身經歷。」

我不由得望向坐在旁邊一臉呆滯的夏子，正要問她「這是怎麼回事……」時。

「以下是我在某個地方的親身經歷。」

多明尼克先生一再重複這句話，遲遲不說下去。該不會是在耍寶吧。

「喂喂喂，認真一點啦。」有人開始抗議，但多明尼克先生依舊不為所動。

「以下是我在某個地方的親身經歷。」

「以下是我在某個地方的親身經歷。」

「以下是我在某個地方的親身經歷。」

「以下是我在某個地方的親身經歷。」

「以下是我在某個地方的親身經歷。」

「以下是我在某個地方的親身經歷。」

「以下是我在某個地方的親身經歷。」

所有人都無法冷靜了。耳邊紛紛傳來「開燈」的叫嚷，以及「開不了」的怒吼，還有電燈開關被按了無數次的「啪嘰啪嘰」聲。

冷不防地，夾雜在一片嘈雜裡，我聽到一種彷彿在榻榻米上摩擦的「沙沙」聲。

啪嘰啪嘰、卡嚓卡嚓……噪音從四面八方紛至沓來。

「以下是我在某個地方的親身經歷。」

啪嘰啪嘰、卡嚓卡嚓……有什麼東西愈來愈靠近。

「以下是我在某個地方的親身經歷。」

啪嘰啪嘰、卡嚓卡嚓……來到我的旁邊了。

「呼！」的一聲，蠟燭的火熄滅。與此同時，原本怎麼按都打不開的電燈也亮了。

最先映入眼簾的，是多明尼克先生的臉。他的臉色蒼白。不，比起蒼白，說是臉色鐵青更為貼切。

不知是誰發出了尖叫聲。音量之大，幾乎要把我的耳膜震破。我還聽見「乒乒乓乓」滿屋子亂跑的腳步聲。也有人在打電話。我還不確定什麼才是現實，所以連聲音也發不出來。

「以下是我在某個地方的親身經歷。」

多明尼克先生不斷重複這句話，身上已沒有了四肢。

八月十三日

這種事有可能發生嗎？我陷入沉思。

大概是爲了給讀者「這是眞有其事喔」的感覺，刻意寫成新聞報導式的風格，但是以類似的風格把雜亂無章的句子擺在一起，即使是短文也讓人感到很不耐煩。

像「洒落怖」那種長文也沒關係，希望至少能從一個角度把故事講好。

從出現在作品中的方言來判斷，這應該是由鄉野奇譚整理而成的鬼故事吧。

「不過，還滿恐怖的就是。」

我喃喃自語。

回想自己爲數不多的閱讀經驗和在網路上看到的鬼故事，都還沒看過像這兩篇的內容。雖然很可怕，但是有點感興趣也是事實。

雅臣交代過「盡可能快點回信給我」，而且這個故事也不長，乾脆快點看完，快點寫下感想。

我打開word檔，輸入標題，開始在旁邊寫下簡短的心得。

裕希比我更喜歡鬼故事，也看了很多書。
等孩子平安誕生後，我想與她分享這個故事。

佐野道治先生：這是第三篇。快點看喔！

富江堂姊的孩子死了。那是個小嬰兒，真的還好小好小。

裕壽坐在父親開的車上，感覺非常悲傷，幾乎快哭了。

小寶寶好可愛，手臂和臉頰肥嘟嘟的。她沒有弟弟妹妹，所以非常高興，之前還滿心想跟對方一起玩。

「見到富江堂姊可不要亂說話喔。」

在沉重得令人喘不過氣的氣氛下，母親說出更令人喘不過氣的話。裕壽都已經小學六年級了，這種事不用母親提醒也知道。

就連她都這麼難過了，富江姊姊該有多麼傷心啊。

富江姊姊長得漂亮，性格又溫柔，待她就跟親妹妹一樣。可惜富江姊姊從小體弱多病，纖瘦得活像用力一點就會折斷。

富江姊姊嫁給類型與自己正好相反、以前打過橄欖球的醫師，生下了小寶寶。

過年期間，親戚們歡聚一堂時，壞心眼的雅代姑姑說：

「富江還是小嬰兒的時候差點死掉喔。那孩子長得跟富江一模一樣，真希望不要夭折。」

裕壽還記得雅代姑姑尖酸刻薄的表情。雅代姑姑的女兒，裕壽的另一個堂姊雅，十七歲就嫁給一個沒出息（這是雅代姑姑說的）的男人，所以很嫉妒嫁給醫師的富江姊姊。這點就連還是小孩的裕壽也看得出來。

當時裕壽的父親要雅代姑姑別再說了，但最後雅代姑姑的話還是應驗了。

父親的老家是典型的日式住宅，面積相當寬敞。因為改建了很多次，看起來十分氣派，但夏天很熱、冬天很冷，走起路來，走廊和牆壁都會嘰嘎作響，裕壽一點也不喜歡這個家。

裕壽他們抵達時，門口已經停了好幾輛車，看來大部分的親戚都到了。

走進玄關，富江堂姊的父親——裕壽的伯父雅文——出來迎接他們，用這裡的方言說「謝謝你們過來」。

「別這麼說，應該的。」

裕壽的父親攬著雅文伯父的肩膀說。

「小富還好嗎？」

父親問道，雅文伯父愁眉不展地搖搖頭。

小寶寶的葬禮跟去年祖父過世時完全不一樣。

小小的——真的是小小的棺木，就放置在屋子裡。而且特地請和尚前來家裡，在棺木前誦經。

祖父死的時候是先將遺體放入棺木，然後運至靈堂，在那裡守靈。

裕壽好想在遺體下葬前再看一眼可愛的小寶寶，但是所有的大人都一臉嚴肅地說不行，所以連靠近棺木都辦不到。

親戚到齊後，有個穿著一身白色裝束，與其說是和尚，更像是山伏（注）的男人走進來，坐在棺木前。

大人告訴裕壽，在對方用鄉音很重的方言誦完經之前，絕對不能站起來，也絕不能說話。

裕壽已經六年級了，不需要大人太操心，但這裡還有剛上小學的小孩。雅堂姊有一

注　住在山裡修行的僧侶。

對雙胞胎兒子，無時無刻不在惡作劇，所以裕壽猜他們這次大概也安分不了多久，擔心他們萬一站起來說話、甚至胡鬧該怎麼辦。

山伏要他們低著頭，雙手合十，裕壽乖乖照做，然後山伏就開始誦經了。

「○！　※□◇＃△啊!!」

突然聽見有人大聲嚷嚷。是女人的聲音。因為口音很重，而且講得太快了，根本聽不懂她在吵什麼。

「●○※◆＃◉◉呢！」

又聽見了。

大人交代絕不能站起來。

也不能說話。

但沒說不能回頭。

裕壽這麼想著，於是偷偷地轉向聲音的來源。

好美的人啊。

有個長得有點像富江姊姊，但是比富江姊姊更漂亮的女人站在房間角落。

那個人正目不轉睛地緊盯著小巧的棺木，大聲地不曉得在說些什麼。

「☆！　※●◇＃△啊！」

這麼大聲說話，就算有裕壽以外的其他人回頭看也不奇怪，但大家都只是低眉斂眼地雙手合十，面朝下方。

——大家都老實地聽從山伏的交代。

裕壽有些自慚形穢，於是再度雙手合十，重新面向棺木的方向。

那個美人肯定是山伏認識的人（也許同樣都是山伏），正陪著他一起誦經。這麼想來，女人的大嗓門也沒那麼刺耳了。

感覺大約過了十五分鐘左右，果不其然，雙胞胎開始坐不住了。

雙胞胎坐在裕壽的左前方，先是搖晃身體，伸直雙腿，然後開始推來推去，淘氣地吃吃竊笑。

雅堂姊數次橫眉豎眼地制止他們，但這種程度的規勸根本阻止不了這年紀的小男孩。

互相推擠的動作愈來愈大，弟弟空終於站起來大叫：

「陸打我！！！！！！」

砰！！！！！！

圍繞著佛堂的紙門全都發出巨大聲響，紛紛隨之倒下。

裕壽險些叫出聲音來，但山伏搶先一步，以凶神惡煞的表情怒吼：

「不准出聲!!」

所有人都拚命地捂住嘴巴，不敢發出聲音。

「○●※●◇●△。」

只有那位身穿和服的女人繼續說話。裕壽回頭看著女人的方向，女人正面向棺木，在榻榻米上爬行。

然後慢慢、慢慢地爬了過來。

「與妾身立下山盟海誓時說什麼玉椿八千載二葉松長在死生契闊都不能將我們分開言猶在耳一朝見棄啊好恨吶你竟把我拋棄沉溺在回憶的淚海裡可恨啊可恨奈何情絲難斷。」

女人的聲音突然可以聽得很清楚。

——嘰嘎、嘰嘎、卡沙卡沙。

冷不防響起另一種聲音。天花板、牆壁和地板都發出驚心動魄的傾軋聲。

女人愈來愈靠近。裕壽好想逃，好想撲向母親，大聲尖叫。可是既不能站起來，也不能發出聲音。

「山盟猶在人事已非……海誓猶在人事已非……再不復見……如瀑黑髮……烏雲與雷

嗚……拆散相愛的兩人……化為怨恨的厲鬼……給負心漢一點顏色瞧瞧……」

女人已然近在眼前，正看著裕壽。

為什麼？為什麼？明明是空發出聲音的。

女人抓住裕壽的膝蓋。

「別到處亂摸亂晃，太噁心了，妳這個小偷。」

裕壽不記得接下來發生什麼事。因為她暈了過去。

醒來時，裕壽人已在伯父的大型轎車裡，那個山伏正在一旁拚命誦唸著什麼。

發現裕壽睜開雙眼時，山伏的表情頓時一亮。

裕壽只記得自己怔忡地看著伯父與父親、山伏交談，看著看著又睏了。

從此以後，裕壽再也沒踏進父親的老家一步。

即便是雙胞胎的空去世時，她也沒去參加葬禮。

女人的話深深地烙印在意識深處，在那之後也不時折磨著裕壽。

別到處亂摸亂晃，太噁心了，妳這個小偷。

八月十三日

雅臣這傢伙眞是太惡劣了。惡劣到我無言以對。

我明明已經在臉書上昭告天下，見面時也確實向他說過：「裕希懷孕了。」

然而第一篇就是拿嬰兒獻祭的故事，第二篇雖然不是，第三篇卻仍是嬰兒死掉的內容。

他居然寄這種故事給即將為人父的我，到底存的什麼心。

更何況我也就算了，他連裕希都不顧慮嗎。

雅臣是裕希的堂哥。

我被前女友狠狠甩掉、陷入谷底時，介紹裕希給我認識的人就是雅臣。裕希眞的是一個很好的女人，於是我們結婚了，我為此非常感謝他。雅臣在婚禮上也對我們致上誠摯的祝福，所以我還以為他很重視我們夫妻倆。

未免也太沒神經了。

考慮到今後的友誼與親戚間的往來，我不希望把事情鬧大，所以也不想直接找他抱怨，但我不想再看這篇小說了。雅臣應該有很多朋友，請他找別人吧。

打定主意後，我拿起手機，然而正想打電話給雅臣時，卻在同一時間接到他的來電，簡直就像在注視著我的一舉一動。

『喂。』

「雅臣，那個……」

『哦，看來你已經看完了，感覺如何？』

「什麼如何……不好意思，我不想看了，你找別人幫忙吧。這篇文章讓我覺得很不舒服。」

『有什麼好不舒服的，難道你有靈異體質嗎？』

雅臣豪邁地哈哈大笑。

「認眞一點聽我說，你應該知道吧……裕希懷孕了。」

沉默持續了好一會兒。他可能不太高興，但他完全沒資格對我生氣。我已經盡可能說得小心翼翼、委婉至極了。

這陣沉默令人尷尬，尷尬到我幾乎想掛斷電話。

我絞盡腦汁地思索下一句要說什麼，這時手機那頭傳來雅臣的笑聲。

『你以爲我生氣了？你以爲我生氣了？你現在是什麼心情？告訴我嘛。』

「別、別嚇我啊！」

仍舊是平常的雅臣。他肆無忌憚地調侃我一番後說：

『我明白了。抱歉，是我強人所難，你也有很多事要忙嘛。對了，我提一件完全不相關的事，爲了恭喜裕希懷孕，我準備了一個小禮物想給她，方便找時間去府上打擾嗎？』

「方便啊。謝謝你啊，還特地準備了禮物。」

於是我和雅臣約了個時間，又隨便聊了兩、三句。

『幫我向裕希問好。』

雅臣說完掛斷電話。我整個人感到精疲力盡，當晚鑽進被窩就馬上睡著了。

八月十三日

做了好可怕的夢。我在夢中大聲尖叫，然後被自己的尖叫聲嚇醒。內容已經不記得了，只剩彷彿看到什麼恐怖至極之物的感覺仍緊緊黏在背後。床單都被汗浸濕了。

自從那天與雅臣通完電話後，每天都這樣。我不相信詛咒之說，但精神上確實有受到不好的影響也說不定。

裕希揉著惺忪的睡眼，憂心忡忡地問我：「怎麼了？」

我回答「沒什麼」，接著喝光寶特瓶的水。得去沖個澡、換件衣服才行。

因爲雅臣今天要來家裡。

裕希準備好午餐時，敲門聲響起。我心想會是雅臣嗎，但又感覺不太對勁。

因爲我們家是自動電子鎖的大樓，必須先在樓下按對講機，才能解開大樓的門鎖。也就是說，雅臣不太可能直接出現在我們家門口。

「來了。」裕希應聲，正打算開門時，我伸手阻止她，戰戰兢兢地透過貓眼往外看。

「喂，開門呀！」

來者長得又高又壯，臉上浮現快活的笑容。是雅臣。

他肩上揹著一大件行李。想必是他準備的「小禮物」。那東西包在大方巾裡，從形狀來看，大概是壺之類的東西。那個體積一點也不是「小禮物」好嗎。

不僅如此，他的模樣非常古怪。如今正值盛夏，再加上雅臣長得虎背熊腰，又很會流汗。

然而他現在卻穿著一件包裹全身的黑色大衣。

「你在家吧？我知道你在！快開門啦！天氣好熱。」

雅臣大吼大叫著。唯有笑臉還是平常的雅臣，所以反而更顯得陰陽怪氣。

「你是怎麼進來的？」

我原本打算不甘示弱地大聲反問，聲音卻因恐懼而變得嘶啞。

「你是怎麼進來的？」

雅臣瞧不起人般地重複我說的話。你是怎麼進來的？你是怎麼進來的？不斷地跳針。

「你……不太對勁，非常不對勁！不好意思，請你離開！」

哈、哈、哈、哈、哈。

雅臣的聲帶彷彿炸開了，用只能以淒厲來形容的聲音大笑。

「老實說要進去你家太簡單了但我還是表現出禮貌的樣子問一下哈哈哈哈。」

「有什麼好笑的！」

眼前突然一片漆黑。雅臣把整張臉貼在貓眼上。

「當然好笑啊。你居然完全沒發現，太好笑了。太好笑了哈哈哈哈笑死我了哈哈哈哈哈哈哈哈哈。」

「沒、沒發現什麼？我、我要報警了。」

「第一個問題！」

雅臣把臉離開貓眼，擺出「立正」的姿勢叫嚷：

「心愛的裕希上哪去了？」

聽他這麼說，我猛然回頭。裕希，裕希……裕希不見了。騙人的吧？因爲直到現在，直到剛才，她都還在我身後。

「第二個問題————!!」

雅臣繼續叫嚷，音量大到蓋過我喃喃自語的「爲什麼」。

「[redacted]是什麼呢呢呢呢呢——」

[redacted]啊。那個小說裡一而再、再而三提到的字眼。

頭痛得快要裂開了。

「第三個問題。你對已經給了這麼多提示卻還沒察覺眞相的飯桶有什麼看法？」

雅臣在我耳邊輕聲呢喃。

八月三十日

是[redacted]雅臣介紹我認識裕希。裕希是個圓潤富泰的美人，臉上總是帶著微笑。每次看到她的微笑，我的心臟彷彿都會揪成一團、動彈不得。我對她十分著迷，每天都絞盡腦汁想著要怎麼得到裕希的青睞。裕希說過：「[redacted]喔。」所以就算交往也無法結婚。儘管如此也無所謂，只要能跟裕希在一起就好了。然而我還是起了貪念，我想娶她，就算不生小孩也沒關係。裕希是個溫柔的女人，最後終於答應我的求婚。雅臣和[redacted]家的人也都給予祝福，雖然還是堅持「[redacted]喔」，警告我們絕對不能生小孩。還說分成會死掉和不會死掉，這次一定會死掉。雅臣也說：「這也關係到我的生命。萬一死掉，就只能埋葬了。」可是我又起了貪念，讓裕希懷孕了。雅臣要她拿掉小孩，裕希本人也想墮胎，可是我才不答應。所以我不讓裕希出門，不讓她見雅臣或[redacted]家的人。我也辭掉工作，待在家裡陪裕希，照顧她的生活起居。慢慢地，裕希臉上開始散發出母性的光輝，露出了全世界最美麗的母親表情。我非常幸福。可惜好景不常，我去上廁所的一瞬間空檔，裕希就消失了。一定是雅臣幹的。我打電話給雅臣，要他把裕希還給我，他答應馬上來家裡找我，沒想到這麼簡單，我感到很得意。雅臣來找我的時候穿了一件黑色的大衣，我笑他明明是夏天，他是腦子壞掉嗎。雅臣脫下大衣，露出缺了手臂的身體，語帶責備地對我說：「已經來到這裡了。」他拿出一個巨大的，眞的很巨大的壺說：「這就是裕希。」我往壺裡窺探，雅臣用力把我的頭按在壺口。裡頭有一條大蛇。「祈禱吧。」雅臣說：「祈禱吧，求饒吧。」我聽見體內傳來「吱哩吱哩」的聲響。那是關節被扭轉斷掉的聲響，「吱哩吱哩」地響個不停。「祈禱吧，求饒吧。」雅臣不斷重複這句話。左手好像有火在燒般地灼痛。我開始祈禱。求求祢。求求祢。求求祢放過我吧。左邊愈來愈痛。我怒火中燒，對雅臣抱怨都祈禱了怎麼還是沒用。抱怨的過程中，疼痛愈來愈劇烈，我朝脖子用力，想甩開雅臣的箝制，定睛一看，才發現雅臣也沒有腳。雅臣很胖，身體相當龐大，但是少了手腳之後整個人變小了，看起來像是鬆垮垮的熊布偶，感覺十分可愛。我想拍拍他，但是壺裡的蛇把一切都吃掉了，所以做不到。因爲如此，我感到非常困擾。我的妻子上哪去了。沒有小嬰兒的話我會很苦惱的。我得去尋找。

※

以上是有傷人傷己的危險性，遭警方強制住院的青春型思覺失調症患者佐野道治，接受治療時的紀錄。

他被送來醫院時，左臂損傷得很嚴重，所以首先治療那個部位。

文中的「[redacted]」是患者一再懇求，絕對不能說出口的部分（當事人也不願說出口，所以此部分都用筆談代替），因此就不寫出來了。

另外，患者主張「佐野裕希」是他的妻子，但是調閱當事人的個人資料，他並沒有與名叫「佐野裕希」的人結婚之紀錄，也無法確認「佐野裕希」是否真有其人。

從對話中可以看出各種詭異、刻意、平板的表情、幻聽、妄想、支離破碎與不連貫的思考、感情遲鈍麻痺、情緒善變等譫妄症狀。對話一旦超過三十分鐘，他就會開始胡言亂語，所以後來都用筆談和非言語溝通來做記錄。因此有的部分是直接引用患者自己寫下的原文。

未來將結合藥物治療，持續給予心理輔導。

※

以上是前輩醫師寫在病例研究資料裡的內容。

（再根據我的記憶抄寫下來）

如何，這個〈讀〉跟〈語〉。不覺得可能是源自同一個故事嗎？

以下列出兩者的共通點。

首先，應該可以確定這一連串故事發生在愛媛縣的松山。出現在〈某個學生社團的日記〉裡的各種特產、名物，還有〈語〉章節裡具有特色的方言是伊予弁（注1）。文中的學生社團，其實是發生溺水意外的某私立醫科大學的學生社團，當時的新聞鬧得很大，所以應該有很多讀者都還記憶猶新吧。意外發生在溯溪時，只有一名生還者倖存，其他人都死了。還有，名爲多明尼克．普萊斯的男性怪談蒐集家，也是眞實存在的人物，他原爲達特茅斯學院（注2）的職員，前往松山旅行時意外身亡。不過這裡有一點跟事實有所出入，他的死因是車禍，並沒有發生四肢被弄斷……如此獵奇的死狀。

注1 伊予是日本的舊國名，相當於現在的愛媛縣。

注2 位於美國東北部的私立大學。

然後是被塗掉（實際上病歷裡也沒有寫出名字）的那個字，大概就是「橘」。反覆出現在〈語〉裡的「■家的土葬」、「■的女人」、「地方的士紳■先生」應該都是「橘」這個字。

之所以這麼想，是根據來自〈讀〉章節裡的〈某個夏日的回憶〉。這篇文章提到一位名叫橘雅紀的少年。然後〈語〉的患者好朋友名叫「雅臣」，從裕壽這個少女的角度又提到「雅文」、「雅代」、「雅」……我猜橘氏本家的人都用「雅」這個字來取名，不過也有名字裡沒有「雅」字的人，所以無法確定是否爲本家命名的規則。但除此之外，還有其他的根據可以佐證，與〈讀〉和〈語〉裡怪事有關的家族就是橘家。例如在〈讀〉裡扮演重要角色的「阿豐」、出現在〈語〉裡的「富江」和「裕希」，還有「裕壽」，她們的名字都有代表富庶或繁榮的字眼。還有那七個一定要記住的單字，其中之一就是「豐收」。木村小姐認爲這代表阿豐，可是看完〈語〉之後，豐收指的會不會是橘家的女人呢？

另一方面，「阿松」雖然是很喜慶的名字，但要跟富庶或繁榮畫上等號卻也有點牽強，所以命名的法則只能說是臆測。

最大的共通點在於「不倒翁」。

〈讀〉與〈語〉都出現了缺手斷腳的人類。這或許跟橘家喪葬的習俗、出現在〈語〉故事尾聲的蛇有關。再探討得深入一點，還有那個「嘰嘎嘰嘎卡沙卡沙」的聲音。光看

〈讀〉的話，可以將「嘰嘎嘰嘎」解釋成阿豐上吊時，橫梁傾軋的聲響；「卡沙卡沙」則是阿豐的腰帶在地板上拖曳摩擦所發出的聲音（文中的阿松也是如此解釋）。然而看完〈語〉之後，卻產生截然不同的印象，會令人開始懷疑，這是不是什麼缺手斷腳的東西在地上爬的聲響。「裕壽」的描述裡提到，穿和服的女妖怪爬著靠近她。在多明尼克先生的故事裡，中居薰先生也說「有什麼東西愈來愈靠近，來到我的旁邊了」。〈民俗學者〉和多明尼克先生的故事都有提到小屋，所以我推測穿和服的女妖怪該不會就是阿豐吧。裕壽形容她「長得有點像富江姊姊」，因此可以確定是橘家的親戚。妖怪警告裕壽：「別到處亂摸亂晃，太噁心了，妳這個小偷。」如果這是因爲她以爲裕壽是自己的妹妹阿松，那她是阿豐的可能性就很大了。

前面忘了寫到，我認爲阿豐與阿松是橘家人有以下幾個原因。

橘家座落在貧瘠的山間地帶，恐怕代代都是有錢人。看過〈某個少女的告白〉的話應該不難發現，她們家猛一看或許給人深山裡貧窮農家的印象，但姊妹倆的家庭其實非常富裕。

阿豐被妙子老師的弟弟看上，每晚跑出去跟他幽會的段落中有「打扮得花枝招展」的描寫。在昭和初期的日本，假如她眞如同故事中給讀者的印象，是個貧窮農家的女兒，又或者只是一般商家的子女，基本上不可能「打扮得花枝招展」。

再來是阿松。從「阿松應該可以去念更好的學校喔」這句話來推測，她應該至少有十一歲了。長得不好看的她，即使受到家人嫌棄，仍能悠閒地坐在火缽旁悠閒看書。以昭和初期的鄉下而言，十一歲已不是沒有行爲能力的幼童了，卻還能懶散地看書、不用幫忙家務，其實是很不可思議的描述。再者，她的獨白中完全沒有提到父親工作的樣子，反而說他每天在家喝酒，這點也令人費解。可見她父親應該非常有錢，根本不需要工作。

阿松的獨白中提到，她對生活的不滿主要來自「女人工作會被指指點點」，這也證明了這一點。她肯定是個非常聰明、早慧的少女，所以才會產生「想有目的地讀書、工作」的願望。倘若她生長在尋常家庭，應該會產生「好餓啊，想飽餐一頓」或「不想幫大人工作」的願望才對。即使家人要她「學點女中的工作」，但文中也完全沒有她幫忙做家事的描述（也或許是因爲都不做事才挨罵）。至於爲什麼會特別提到「女中的工作」，我猜也是因爲她認爲做家事是女中的工作（以現在的說法是女傭）。不管怎麼說，她的願望都是層次相當高的欲求。

阿豐的婚事確定下來時，描述裡也提到「召集親戚及村子裡的人」。即使鄉下的居住空間很大，要容納那麼多人並不難，但是一決定婚事就能馬上聚集到那麼多人、準備好慶祝的飲宴，經濟能力及機動力絕對不容小覷。

假設裕壽故事裡提到穿和服的女子就是阿豐，那麼阿豐跟成績優異的阿松一樣，也接受過良好的教育。

「與妾身立下山盟海誓時說什麼玉椿八千載二葉松長在死生契闊都不能將我們分開言猶在耳一朝見棄啊好恨吶你竟把我拋棄沉溺在回憶的淚海裡可恨啊可恨奈何情絲難斷」

「山盟猶在人事已非……海誓猶在人事已非……再不復見……如瀑黑髮……烏雲與雷鳴……拆散相愛的兩人……化爲怨恨的厲鬼……給負心漢一點顏色瞧瞧……」

以上無疑是能劇劇目之一《鐵輪》的台詞。

《鐵輪》的內容，是一位女人受到丈夫外遇背叛，變成厲鬼，每晚出現在寢室裡，後來被安倍晴明擊退的故事。

原本的台詞是——

「何其恨哉，與妾身立下山盟海誓時，說什麼玉椿八千載、二葉松長在，死生契闊都不能將我們分開。言猶在耳，一朝見棄。啊，好恨吶，你竟把我拋棄。」

「山盟猶在，人事已非。海誓猶在，人事已非。再不復見昔日美麗的模樣，如瀑黑髮倒豎衝天。空中烏雲密布，大雨滂沱，狂風吹掠，雷鳴陣陣。就連雷神也要拆散相愛的兩人。化爲怨恨的厲鬼，誓要給那個人一點顏色瞧瞧。給負心漢一點顏色瞧瞧。」

亦即變成厲鬼的女人正在發洩她的憤恨及積鬱。能如此引經據典，足以證明她具有高度的文化素養。阿豐生前或許欣賞過好幾次能劇。

基於以上的觀點，阿豐和阿松的家境相當富裕、甚至還可能雇有傭人這點，是極爲合理的推測。

接下來是阿豐的死因。光看寫出來的部分，應該是妙子老師的弟弟送給她的鱉甲髮簪被阿松藏起來，因絕望而自殺。問題是這也太衝動了。就算丟失昂貴的信物可能會破壞她在妙子老師弟弟心目中的形象，但也沒必要尋死吧。

阿豐在文中說「我要變成有錢人的太太了」，但她大概不是以大老婆的身分，而是以二姨太的身分嫁進妙子老師位於東京的家。

妙子老師的父親是軍醫大佐。在昭和初期的日軍中，軍醫是從醫學系一年級的學生裡募集志願兵，通過考試的人方得錄取。然後要先接受幾個月的步兵訓練，階級從曹長開始。在軍隊這個階級嚴明的環境裡，沒有人會聽從階級低於自己之人所下達的命令（上述的命令，應該也包括像是醫師的保健指導）。或許是考慮到這一點，爲免軍醫們被瞧不起，醫師與一般人的從軍起點並不太一樣。即便如此，大佐仍然是軍官，所以妙子老師的家世原本就不錯（軍醫基本上只能晉升到中將，所以絕大部分的軍醫都是佐官，無法爬到比少佐更高的階位）。

家世如此顯赫之人，會迎娶雖然在當地呼風喚雨，但說穿了仍是鄉下地方，而且沒有任何政商關係的女孩爲正室嗎？阿豐不可能沒想到這一點。

這樁婚事不止對豐來說沒什麼好處，對整個橘家而言也是如此。就算阿豐丟失了髮簪，無法嫁去東京，頂多也只是錯失嫁進有頭有臉的人家當二姨太的機會。對普通的女性來說或許是相當大的損失，但阿豐可是村子裡最標緻的美人，從妹妹阿松的年齡來推斷，恐怕也還不到二十歲；更何況家裡有錢，她就算不工作也不愁沒飯吃。未婚先孕這點可能是個污點，但是扣除這因素，她的條件還是非常好，就算嫁不成妙子老師的弟弟，應該還是有許多人排隊要跟她結親家。嫁給搶著娶她爲妻的人，可能比遠嫁東京當二姨太更幸福也說不定。

以「髮簪被阿松藏起來」作爲她的死亡動機非常薄弱，她應該是在非常突發性的狀況下衝動尋死。

這裡讓我想到出現在〈語〉裡，酒井宏樹記者採訪山岸老人時，老人所說的話。

＞即使是壞人，也不能平白無故地殺掉，不然一定會遭天譴。因此從很久很久以前，[redacted]的女人就變得很奇怪。

＞也有人無緣無故自殺。那還算好的，有人甚至殺死自己的小嬰兒呢。

至於阿豐的自殺屬於哪一種，可能是源自於「橘的女人就變得很奇怪」的法則。

大家都沒有注意到一點，那就是缺手斷腳的法則。

無論是自發性，還是基於外在要素，〈讀〉和〈語〉這兩個故事裡都出現了缺手斷腳（或者差點缺手斷腳）的人物，分別是由美子、附近鄰居的孩子們、橘家的當家、人柱、多明尼克·普萊斯、雅臣、佐野道治等人。

首先是由美子與多明尼克，這兩個人很容易推測。他們知道得太多了，踏進不該抱著好奇心踏入的領域，企圖打聽什麼，所以被怪異除掉了。

其次是橘家的當家和附近鄰居的孩子們。根據山岸老人的敘述，是爲了供養變成人柱的罪人才扭斷他們的四肢。

選擇罪人及不見容於社會的人作爲人柱的結果，就是引來他們的怨念與作祟，這是司空見慣的劇情，我在書上看過好幾次極為類似的設定。

但這次的故事卻非常地不可思議，為了鎮壓怨念，居然扭斷當家的手腳，加以埋葬。如果是為了他們信仰的蛇，而仿造蛇的形體、獻上沒有四肢的人，這部分還能理解。但如果眞如文字脈絡所述，是為了供養罪人，卻似乎沒必要以那種形式埋葬當家。所以這究竟是為了什麼？

雖然不明白目的，但法則倒是知道的。

總之，這個地方的地主或是那個家族的當家，就是免不了扭斷手腳被埋葬的命運。

在線索少得可憐的情況下還是先不硬想下去了。

目的及法則都不清楚的，是雅臣和佐野道治的狀況。畢竟佐野道治本人的記述有太多意義不明的部分。

也難怪他被診斷為思覺失調症，但我並不認為這份診斷百分之百正確。

妄想及幻覺、幻聽，確實都是思覺失調症常見的外顯症狀。例如有個住在東京都阿佐谷的家庭主婦，有一天突然說：「我的大腦連接著全世界的銀行，所以政府為了除掉我，目前都在監視我的一舉一動。」幾乎所有的患者都沒有病識感。

另外，也有將實際存在的人物誤認成虛構人物的例子。但我從未見過有人能如此鮮明、前後沒有矛盾地敘述與虛構人物生活的點滴。

我實在不覺得「裕希」是完全不存在的人物。我認爲佐野道治雖然精神錯亂，但應該沒有陷入妄想或產生幻覺。

〈語〉是根據我的記憶寫下來的故事。橘家的埋葬習俗與中居薰的採訪全都有刊登在雜誌上，所以我幾乎是原封不動地照抄，但佐野道治說的話以及裕壽的故事，則有很大一部分是靠創作填補完。

我想拜託前輩再讓我看一次她寫的病歷，進行最後的潤飾，所以透過同事想與前輩取得聯繫，卻得知前輩她前年因身體不適回老家了，同事也不曉得她現在的聯絡方式。這種情況在我們這一行屢見不鮮，雖然遺憾，但也無可奈何。

總而言之，即使能推測出理由，卻仍無法找出手腳被扭斷之人全部的共通點。

因此，我完全不知道最大的謎團「■■■■■」是什麼。記憶中塗掉的字應該有五個，但或許其實更多也說不定。

爲了一目了然，我統一用■■■■■表示，不過在中居薰的原採訪中是以●╳△■的方式表示。

我認爲，多明尼克和由美子都是因爲知道了這個字詞的意思，才會受到妖怪的攻擊，所以我無論如何都想知道。

感覺「橘家的怪異」之謎好像觸礁了，但其實過了一段時間後又出現新的發展。

請看下一章。

見

鈴木舞花

女兒茉莉剛上小學就被診斷出有氣喘的毛病。

我從以前就覺得這孩子好容易累、好容易放棄。幼稚園的運動會也只有她沒能跑到終點。

除了茉莉以外，所有人都得到手工做的金牌「參加獎」，在整個喜氣洋洋的情況下，只有茉莉滿臉通紅地哭了起來。我罵她「爲什麼跑不完」、「爲什麼不努力到最後」、「爲什麼不再加把勁」。

仔細想想，那是因爲我在茉莉身上看到以前的我。我也曾經是個身體孱弱、沒有毅力、運動完全不行、動不動就哭的小孩。直到已經迎來三十歲的今時今日，這件事仍令我充滿自卑感。

我眞的很對不起她。我明明應該比任何人更體諒她的心情，卻對她窮追猛打。天底下還有比我更狠心的母親嗎？

上小學後，茉莉徹底變成了性格內向的女生。以專門給小朋友看的卡通《美少女戰士》爲例，她喜歡紅髮的女主角，但是跟朋友扮家家酒時，她總是誰也不得罪地選擇比較不搶手的綠色或黃色的少女來扮演。

但也正因如此，她的朋友愈來愈少，到了五月中旬時，她連進教室都沒辦法，大部分時間都待在保健室裡。

班導鳥海老師是個非常熱情的人，很照顧茉莉。也是鳥海老師建議我帶茉莉去看小兒科。托她的福，我才能發現茉莉有氣喘的毛病，以及東京髒亂的空氣正在加重她的氣喘。

我想也不想便決定搬到鄉下。

新家位於河畔，有著美侖美奐的白牆。

賞屋的時候，我一眼就愛上這間房子，當場決定買下。

聽說是把很久以前的建築物拆掉、改建而成的洋房。房子周圍有一圈種了各式各樣花卉的庭園，打理得很漂亮，房子造型也有些獨特。到了春天肯定會更美麗吧。

我對茉莉說：「開了好多花，很漂亮吧？」茉莉微微頷首。就算是爲了茉莉，我也必須跟以前的屋主一樣，盡心盡力地照顧庭園。

我最擔心的是小學的霸凌問題。

根據我看到的新聞，鄉下的霸凌特別陰狠，有很多全家一起上、全村一起上，導致下場十分悲慘的例子。

萬一茉莉成爲霸凌的對象，我就不讓她去上學，自己在家裡教她讀書。我生茉莉以前，有一小段時間在中學教書。

幸好這一切都是杞人憂天。

不是我自誇，茉莉長得眉清目秀，穿上我爲她選的簡約又可愛的衣服，似乎在學校站穩「從大城市來的千金大小姐」的地位。

怕生又寡言的性格也爲她博得「優雅」的美名。

她好像還沒交到特別要好的朋友，但不管是誰家的小孩，他們都會以笑容迎接茉莉，找話題跟她聊天。茉莉的笑容也比以前多，而且自從來到這裡，氣喘都沒發作過。

問題在於左鄰右舍的相處。

T先生是當地極有勢力的人，總是「鈴木小姐、鈴木小姐」地想方設法搭訕我。

我這輩子從未以這種鄉下地方特有的黏膩方式與人相處過。

起初我還會耐著性子出席聚會，但基本上都只聊些聽都沒聽過的某某人做了某某事，這種讓人打從心底覺得無關痛癢的八卦。我確實想讓茉莉在無拘無束的環境下長大，而且從平日就有這種無謂的聚會來看，也證明此地十分平和。但這樣浪費時間著實非我所願。

想也知道，拚命與鄰居打好關係的結果，對茉莉造成了不良影響。不是身體上的問題，而是在心理上。

有一天，我做了點心，對人在二樓房間的茉莉喊：「吃點心囉。」換作平常，她應該會馬上下樓，可是這天卻遲遲沒聽見她的腳步聲。我心想大概是看書看得太入迷了，於是上樓去看看狀況。

樓梯才爬到一半，我就意識到不對勁。茉莉的房間裡傳來熱鬧的嘻笑聲。確實是茉莉的聲音沒錯，但她不是那種笑的時候會發出聲音的孩子。她如今卻以連我這個母親也沒聽過的音量大聲笑鬧。

「茉莉。」

我開門叫喚，茉莉立刻閉上嘴巴，抬頭看我。她坐在地上，面前是家母以前買給她、附有小鏡子的音樂盒。只要轉動發條，音樂盒就會響起〈拉黛斯基進行曲〉，鏡子前的可愛小兵則隨著音樂舞劍。茉莉是女孩，當時家母建議她選芭蕾舞者的音樂盒，但性格軟弱的茉莉難得堅持要這個，家母只好給她買軍隊的音樂盒。

「媽媽。」

茉莉甜甜一笑，握住我的手。

「妳在看什麼有趣的書嗎？」我問她。

茉莉搖頭。

「我在和小咪聊天。」

「小咪是誰？」

茉莉指著音樂盒說：

「只要轉動發條，小咪就會出現，陪我玩捉迷藏喔。」

媽媽來了，所以她就走了。茉莉一臉遺憾地說。

這是所謂的「假想朋友」。別人看不見，只存在於自己幻想中的朋友。

根據某項研究，二至七歲的兒童有一半都有假想朋友。這並不是什麼異常現象，反而是孩子正常發育的證明。但是有解離性症狀的小孩，或者說得更單純一點，沒有兄弟姊妹的小孩、孤獨的小孩，擁有假想朋友的機率比有手足的小孩來得高一點。

茉莉是獨生女，也沒有同齡的朋友，可是我們搬來這裡以前，她從未出現過這方面的症狀。

顯然是這裡的環境，還有我，讓她陷入了孤獨。而且遠比交不到朋友、無法適應小學生活時更加孤獨。

我開始找藉口拒絕參加聚會。不是推說頭痛，就是說我很累。這裡的人或許眞的都是好人，既沒有排擠我，也沒有給我臉色看，反而非常關心我，可是他們的關心對我而言，卻是非常沉重的負擔。

因爲他們連著好幾天登門拜訪。

帶著對身體好的料理、中藥、不曉得用什麼原料自己釀的酒來我家就算了，不止我，甚至還要求茉莉也吃。結果全被我埋在院子裡。我才不敢吃不清楚底細的人做的食物。不過應該沒有添加物，所以或許是很好的肥料，或許能讓花開得更漂亮。

還有人說「都市人都會鎖門呢」。門上附的鎖不就是用來鎖門的嗎？有什麼問題嗎？

我終於受不了，以非常不客氣的口吻說：

「這些東西又不能治病，所以你們可以不用再來了。」

這確實是我思慮不周。

因為眾人開始以很重的口音七嘴八舌地說：「試了這麼多方法都不見好轉的話，可能是妳水土不服，最好請祈禱師之類的來看一下。」其中一位老人還說出令我大驚失色的話：「茉莉看得見吧。」

肯定是指假想朋友的事。

我沒告訴任何人茉莉有假想朋友的事，也特別叮囑茉莉不要告訴同學。這個老人怎麼會知道這件事？茉莉年紀還小，可能曾在學校裡不小心說溜嘴，同學回去告訴家長，不一會兒就傳得街知巷聞。

這麼一來，委婉的拒絕根本行不通。結果最後還是請來了祈禱師。真的很不想把茉莉牽扯進來，但我已經對這一切束手無策了。

眾人稱為「式喰大人」的祈禱師是個看起來很現代的男性，長相十分俊美，去當演員甚至主演電影都不奇怪。我還以為祈禱師都是模樣可疑的中年男性，所以非常驚訝。一問之下，他並不是這個村子的人，而是T先生特地從鄰縣請來的。從婚喪喜慶到開工儀式、治療疾病等疑難雜症，T先生的家族代代都請式喰大人處理。

式喰大人一見到我和茉莉，便蹙緊輪廓優美的眉頭。

「這下子嚴重了。」

「請問有什麼問題嗎？」

我不服氣地瞪著他，但他完全不理會我和茉莉，逕自朝向T先生說：

「都沒有人告訴她們嗎？早說了事情就不會變成這樣了。」

剛才還在七嘴八舌、各說各話的看熱鬧老頭們頓時沉默下來。

「我說過幾遍了，小孩子不行。難怪花都不開了。」

「是這樣沒錯，但我們也很爲難……」

自稱是T先生親戚的老人吞吞吐吐地說。

青年大大地嘆了一口氣，氣急敗壞地用力跺腳。膽小氣虛的茉莉很怕太大的聲音。

「快別這樣！茉莉嚇到了。」

「不好意思啊，妳叫茉莉嗎？長得好可愛呀。」

青年的態度幡然一變，露出溫柔的笑臉看著茉莉。茉莉滿臉通紅地低下頭。這也難怪。如果我再年輕個十歲，大概也是相同的反應。

「茉莉，可以告訴我嗎，有朋友在茉莉家裡對吧？媽媽看不見的朋友。」

茉莉點頭。

「等一下。那是她幻想中的朋友，小孩正常的成長過程中都會出現那種朋友！別說得那麼怪力亂神。」

「媽媽請不要說話。」

語氣雖然平靜，但聲音尖銳得有如裂帛。我一句話也說不出口。

「茉莉，那個朋友是男生還是女生？」

「……小咪既不是男生也不是女生喔。」

茉莉以細如蚊蚋的音量小聲回答。

於此同時，那群老頭全都發出似近悲鳴的叫聲。

鄉音太重了，我聽不懂他們口中的方言。但是從氣氛感覺得出來，顯然發生了什麼非常糟糕的事。

「還好意思說！事到如今就別再找藉口了！」

青年大吼一聲，茉莉又低下頭去。

青年蹲下，視線與茉莉齊平，露出笑容。

「不好意思啊，我不是在對茉莉生氣喔。那個朋友有對妳提出什麼要求過嗎？」

「要我經常陪他玩。」

「玩什麼？」

「捉迷藏。」

青年的表情頓時蒙上一層陰影。口中唸唸有詞，陷入沉思。

那群老頭也同樣變得臉色鐵青，還有人淚流滿面、仰天長嘆。

比起超自然現象帶來的恐懼，眼前的狀況更讓我感到彷彿要被拉進某個詭異的新興宗教時，那種恐怖的壓迫感。以這種方式讓對方感到害怕、進而支配對方，是洗腦的慣用手法。就算對方是長得再帥、再年輕的男人……不，正因如此才更可疑。

「茉莉媽媽。」

青年突然抬頭看我。

「可以讓我去府上看看嗎？不過，也只剩這個方法了。」

「不，我拒絕。」

我從聲帶裡擠出聲音回答。這個青年的眼神好可怕。瞳孔不是日本人常見的咖啡色，而是由好幾種顏色層層疊疊成幽暗深邃的顏色。

「沒有其他辦法了。再這樣下去，茉莉會……」

「住口！」

我從喉嚨裡發出比自己想像中還大、還高的音量。我仗著這股氣勢繼續叫喊：

「住口、住口！突然跑來別人家，你們到底想做什麼。想說好不容易可以過上悠閒平靜的生活了，結果每天每天每天每天都有人來打擾。我睡不著、身體不舒服、茉莉說出莫名其妙的話都是你們害的！你們爲什麼每天都要來？就這麼閒嗎？沒有別的事可以做了嗎？煩死人了！我不知道你們到底是眞好心還是另有目的，誰敢吃那些奇奇怪怪的酒和藥啊，都被我丟到庭院裡了！」

「舞花小姐，瞧妳做了什麼好事，所以花才……」

T先生看著我，眼神充滿責難。

「愚蠢至極，爲什麼我非得遵守這種破鄉下地方的破習俗？蠢斃了！這棟房子是我買的，輪不到你們來指指點點！你們是不是加入了什麼奇怪的宗教？太噁心了太噁心了太噁心了太噁心了！不要再跟我們說話。」

茉莉哭了。可憐的茉莉，被一群奇奇怪怪的傢伙包圍，追問一些奇奇怪怪的問題。茉莉，我一定會保護妳。

我就這麼抱起茉莉，離開T先生的家。

事後冷靜想想，我可能說得太過分了。或許他們是真的相信「式喰大人」，也是真的擔心我，所以才找他過來幫我。

更何況T先生是當地有頭有臉的人物。我那樣對他說話，可能會受到排擠、被孤立也說不定。

結果我並沒有受到直接的騷擾。去倒垃圾，垃圾會被收走；去店裡買東西，也沒有發生不賣給我的狀況。

然而從那天起，那個確實開始了。

早上跟平常一樣送茉莉出門上學後，我開始整理庭院。拔掉長在後門的雜草，正要回家洗手時，我看到幾個身穿黑色和服的女人站在門外，面向玄關。

女人們一言不發、光站在那裡的樣子實在很詭異，我也不敢跟她們打招呼。可能是有事找我，但若可以的話，我實在不想理會。她們出現後，我便屏住呼吸，躲在花壇後面。毒辣辣的太陽曬得我脖子發燙，汗水從臉上涔涔滑落。我感覺已忍耐已到極限，下定決心站起來時，穿著和服的女人們忽然消失了蹤影。

當天晚上，我被奇異的聲音吵醒。那彷彿是在牆上摩擦的粗糙聲響。

起初還以爲是蟲或老鼠，但顯然不是。聲音從玄關的方向傳來。我提心弔膽地走過去一探究竟，只見毛玻璃的另一邊有個類似人類彎腰駝背的剪影。我猜是那群老人。肯定是故意趁三更半夜來嚇我，鄉下人的陰險程度還眞可怕。

可是我必須保護茉莉。因此，我鼓起勇氣大吼：「是誰？」那道剪影立刻消失遠去。我放下心中大石，然而一回到寢室，卻又聽見沙沙聲。這次是從玄關另一頭的窗戶傳來，我又走去罵人，然後剪影又消失了，就這麼鬧了一整晚。

不是施以暴力或視而不見、又或者禁止我去店裡買東西，就只是待在那裡。這種盯著你看的騷擾每天不間斷地持續一週後，想當然，我變得面容憔悴，而且嚴重失眠。只要閉上雙眼，視網膜就會浮現出穿著一身黑、讓人感覺非常不吉利的和服女人；只要聽到什麼聲音，腦海中就會浮現出彎腰駝背的老人剪影。所以我每天都很累、很睏，不知如何是好。

茉莉回到家裡，我也無法像以前那樣陪她聊天。可想而知，茉莉愈來愈依賴她的「朋友」。她放學回家立刻爲音樂盒上緊發條，笑得花枝亂顫。我的疲態對她而言似乎一點也不重要。我開始覺得茉莉不可愛了。

「妳在做什麼？」

「啊，媽媽。」

「不應該是回答這句話吧。」

滴答答滴答答滴答滴滴答。音樂盒播放著〈拉黛斯基進行曲〉。活潑、熱鬧、令人惱火的旋律。小士兵們配合旋律開心地跳舞，揮舞著牙籤般的劍。

「我問妳在做什麼。」

「小咪啊……」

「小咪根本不存在。」

滴答答滴答答滴答滴滴答。

「她在喔。」

「不在。」

「在啦！」

滴答答滴答答滴答滴滴答。

「是媽媽來了，所以她才不見了！」

「都說不存在了！」

我一腳踹開令人火大的音樂盒。

滴答答滴答答滴答滴滴答。音樂還在繼續響起。

「不存在！小咪根本不存在！」

我狠狠地踩了好幾腳。踩到小士兵的頭都掉了。

滴答答滴答答滴答滴滴答。慢慢地，旋律漸弱。但我仍不依不饒地用力踩踏。茉莉在哭。滴答答滴答答。哭得滿臉通紅，像隻猴子似地。軟弱無力的劍刺進了我的腳底。滴答答。可能流血了。滴答答。但旋律還不停歇。茉莉在哭。一點也不可愛。茉莉。滴答答滴答答滴答滴滴答。

「媽媽。」

耳邊傳來男人的聲音。肩膀突然變得好輕。那是你的聲音。

茉莉倒在地上。滿地都是音樂盒的碎片。好幾片細小的木片扎進我的腳底，血流不止。

呼呼……哈哈……

好久沒有發作的氣喘發作了。

我慌不擇路地從櫃子裡拿出吸入器，讓茉莉吸入藥劑。碰到她的時候，我感覺茉莉繃緊了身體。

我到底在搞什麼。就算只有一瞬間，我怎麼會覺得全世界最重要的茉莉不可愛呢。

我拚命向茉莉道歉，但是從那天起，茉莉就不再直視我的雙眼了。

我快受不了。就連起初覺得完美無缺的家，如今也像是暗無天日的牢籠。

我想應該先向T先生道歉。或許他不會原諒我。但還是得誠心誠意地道歉，請他停止那些騷擾，否則我們都會瘋掉。

我帶著請母親寄來給我的「虎屋」羊羹登門拜訪時，T先生不計前嫌，溫柔地招呼我：「妳來啦。」

T先生的家人正在跟茉莉說話。茉莉露出久違的笑容。也許她再也不會對我笑了。問題是，連日來對我做出那些騷擾行爲的人，會給我們這種好臉色看嗎？但是T先生和其家人貌似都打從心底爲我們擔心。

「不用擔心，我請式喰大人過來了。」

T先生說，摸摸茉莉的頭。他果然很溫柔，露出發自內心的慈祥笑容。見他笑瞇眼角的皺紋，我不禁覺得那些騷擾都是我自己的誤會，T先生是眞的關心我們，眞的是個好人也說不定。

否則難以解釋他爲什麼要請式喰大人過來。那個應該與式喰大人無關。只要T先生別再騷擾我們就好了。

我不知所措地呆站著。

T先生看著我說。

「舞花小姐，妳聽說過活人獻祭嗎？」

「怎麼突然提到這個？不好意思，我對宗教沒興趣。」

「別擔心，我不是要勸妳入教，只是問妳知不知道而已。」

「嗯，我知道。」

T先生緩緩地撿起小石頭，堆成城櫓的形狀。

「活人獻祭其實是供物，也就是食物喔。獻給神明的食物。」

「這樣啊……」

我用視線尋找茉莉的身影。幸好有個女人正在教茉莉折紙，茉莉玩得很開心的樣子，似乎沒有在聽我們說話。我不想讓她聽見這麼恐怖的對話。

「你到底想說什麼？」

「反正妳也沒事，不如陪我一下……妳認為神明真的存在嗎？」

我不知該怎麼回答這個問題。為了不要惹怒T先生及這一帶的人，最好回答「我認為有」，但如果他又問我「妳真的相信嗎」、「神明真的存在嗎」，我一定會難以應付。因為摸著良心說，我其實並不相信。

慶祝聖誕節、過年去拜拜、在寺廟舉行葬禮……頂多就這樣了。我是典型的沒有信仰之人。

「這個嘛，我偶爾會祈禱。」

我好不容易擠出模稜兩可的回答。

「我認為沒有喔。」

T先生以平靜得令人心驚的聲音說道。這句話明明沒什麼，我卻感到心神不寧。

「我認為沒有。但是有所謂的活人獻祭，因為有好幾個人不見了。活人獻祭是供物，如果神明不存在，那活人獻祭到底是給誰的食物呢？」

沙沙沙。一陣黏膩得令人不快的風吹過，響起樹葉與樹葉互相摩擦的聲音。天空的顏色，就像把兩種不同的顏料打翻在圖畫紙上混合而成。太陽就快下山了。

我好怕天黑。比起那個鬼影幢幢的家，我更希望跟T先生待在這裡時先不要天黑。

「是人吃人喔。活人獻祭其實是人的食物。」

M是式喰大人的本名。

M開著鵝黃色的廂型車登場。這輛廂型車莫名地髒，令我有些在意，但他臉色凝重得近乎猙獰，實在不是問這種問題的時機。

「大致的情況T先生告訴我了，而且我也早就猜到了幾分。快走吧。」

M催我們坐上廂型車。茉莉握著女人的手，打起瞌睡來。大概是玩累了。

車子沿著河邊前進。這一帶沒幾盞路燈，入夜後一片漆黑。

前方有些許微弱的燈光。是我們的家。

我明明關了燈後才出門的。

「糟了。」

M猛力踩下剎車。我的後腦杓狠狠撞上椅背，悶哼一聲。睡得十分香甜的茉莉整個人從椅子上彈起、醒了過來，不安地東張西望。

我瞪著M，用眼神表示抗議。但M的表情愈來愈難看。

「茉莉媽媽，如果現在不進去，就永遠進不去了。」

又是一句莫名其妙的話。

M瞥了茉莉一眼，深深嘆氣。他下定決心地抬起頭說：

「但不能不處理。接下來只能用走的過去了。T先生和幫傭小姐請在這裡等，只要茉莉和茉莉媽媽跟我一起過去就好。」

下車後，空氣比剛才更濕更重。比起我許久以前去印尼旅行時遇到的午後雷陣雨更不舒服，空氣裡充滿了塵埃，令我頭痛不已。我朝茉莉伸出手，她渾身發抖地低下頭，我的頭更痛了。

我拖著重若千金的腦袋，一步步靠近燈光的方向。茉莉突然發出「啊！」的一聲。

「怎麼了？」

M搶在我之前問她。

「聲音……」

聲音……確實聽到某種類似音樂的聲音。

辨識出幾個音符旋律，在大腦進行重組。我悚然一驚。

是〈拉黛斯基進行曲〉。我明明把那個音樂盒踩爛了，踩得四分五裂、支離破碎。我還清楚地記得斷頭的小士兵，以及被如牙籤般的迷你劍刺到腳的疼痛。

滴答答滴答答滴答滴滴答。活潑、熱鬧、令人惱火的旋律。滴答答。不停地重複著，滴答答，令人毛骨悚然，滴滴答滴滴答，活潑的，滴答滴答滴答，熱鬧的。

「不要認眞聽。」

M的叮嚀刺進我的耳膜。

「不要認眞聽，也不要聽懂。只是聽見的話，就不具任何意義，只是虛張聲勢罷了。至少現在還是。」

不要認眞聽，也不要聽懂。

的確有聲音，但不是〈拉黛斯基進行曲〉的旋律，而是好像有人在踩風箱、亦即空氣擠壓金屬的沉悶聲響。我怎麼會以爲這是〈拉黛斯基進行曲〉呢？我的頭腦果然變得有點奇怪嗎？

M用右手緊緊握住我的手，然後用另一隻手握住茉莉的手。他的手是濕漉漉的。我這才發現他的臉色鐵青，汗如雨下。

「請問你還好嗎？」

我問M，M虛弱地微笑。

「不好，但接下來只能……只能想著要保護妳和茉莉，就算只有氣勢也不能輸……」

說完這句話，他把嘴巴抿成一條線，幾乎是拖著我們一步一步往屋子靠近。

滋滋滋滋。

距離近到可以看到玄關的門牌時，聲音響起。

滋滋滋滋。

好像是拖著什麼重物的聲音。

滋滋滋滋。

我想望向聲音的來源。

滋滋滋滋。

M一臉驚恐地猛搖頭。

滋滋滋滋。

「現在換媽媽當鬼了**滋滋滋滋**。乖乖躲好**滋滋滋滋**。不要跑出來**滋滋滋滋**。也不要發出聲音**滋滋滋滋滋滋滋滋滋滋**。」

滋滋滋滋。

M要我蒙上眼睛**滋滋滋滋**。茉莉也**滋滋滋滋**。

M牽著我走進玄關，突然聽不見聲音了。眼睛完全被布蒙住，即使能感受到微光，我也完全不知道自己現在走到哪裡。

走了幾分鐘，感覺就像被人牽著的牛馬。這時突然想到一件事，我家有這麼大嗎？還是我一直在同個地方打轉？話說回來，牽著我的手的人眞的是M嗎？茉莉呢……

突然，有人抓住我的肩膀。我差點就要尖叫出聲，但嘴巴也被捂住了。

「茉莉媽媽，是我。請坐。」

M在我耳邊小聲地說，我戒愼恐懼地坐下。從布料摩擦的聲音聽來，M和茉莉也都坐下來了。

冷不防地，空氣發出撕裂般的聲響。我咬住舌頭，拚命忍住尖叫。

M全神貫注地誦唸我沒聽過的咒語或經文。

又聽見那個聲音了。**滋滋滋滋**。

滋滋滋滋。

好奇怪。有什麼**滋滋滋滋**好奇怪。因爲**滋滋滋滋**。我是不是被騙了？

如果有**滋滋滋滋**，茉莉應該會哭**滋滋滋滋**，應該會**滋滋滋滋**。可是什麼聲音也沒有。

只有M和**滋滋滋滋**的聲音在**滋滋滋滋**。

啪噠。耳邊傳來椅子倒在地上的聲音，但那聲音也馬上就消失了。眞的什麼聲音也沒有。

視野一片漆黑，我發現自己正閉著眼睛。我戰戰兢兢地睜開眼睛，但是因爲還蒙著眼罩，所以什麼也看不見。不過，房裡好像有燈光。

我想拿下眼罩。如果現在拿下眼罩，說不定房裡只有我一個人坐在椅子上。說不定這一切都是沒完沒了的惡作劇，是T先生與所有的居民聯合起來騙我。

眞的什麼聲音也沒有。耳朵逐漸習慣了寂靜。可以聽見平常聽不見的蟲鳴、流經遠處的河水聲等等。

甚至能聽見血液在血管裡流動的聲音。

比平常稍快又淺的呼吸聲大概是茉莉的氣息。M在哪裡？他果然騙了我嗎？

我想擁抱茉莉。她想必很害怕，害怕得連聲音都發不出來。

我拿下眼罩。

滋滋
滋滋
滋滋
滋滋
滋滋
滋滋
滋滋
滋滋
滋滋
滋滋
滋滋
滋滋
滋滋
滋滋
滋滋

滋滋滋滋滋滋滋滋滋滋滋滋滋滋滋滋滋滋滋滋滋滋滋滋滋滋滋滋滋滋滋滋滋滋滋滋滋滋
滋滋滋滋滋滋滋滋滋滋滋滋滋滋滋滋滋滋滋滋滋滋滋滋滋滋滋滋滋滋滋滋滋滋滋滋滋滋
滋滋滋滋滋滋滋滋滋滋滋滋滋滋滋滋滋滋滋滋滋滋滋滋滋滋滋滋滋滋滋滋滋滋滋滋滋滋
滋滋滋滋滋滋滋滋滋滋滋滋滋滋滋滋滋滋滋滋滋滋滋滋滋滋滋滋滋滋滋滋滋滋滋滋滋滋
滋滋滋滋滋滋滋滋滋滋滋滋滋滋滋滋滋滋滋滋滋滋滋滋滋滋滋滋滋滋滋滋滋滋滋滋滋滋
滋滋滋滋滋滋滋滋滋滋滋滋滋滋滋滋滋滋滋滋滋滋滋滋滋滋滋滋滋滋滋滋滋滋滋滋滋滋
滋滋滋滋滋滋滋滋滋滋滋滋滋滋滋滋滋滋滋滋滋滋滋滋滋滋滋滋滋滋滋滋滋滋滋滋滋滋
滋滋滋滋滋滋滋滋滋滋滋滋滋滋滋滋滋滋滋滋滋滋滋滋滋滋滋滋滋滋滋滋滋滋滋滋滋滋
滋滋滋滋滋滋滋滋滋滋滋滋滋滋滋滋滋滋滋滋滋滋滋滋滋滋滋滋滋滋滋滋滋滋滋滋滋滋
滋滋滋滋滋滋滋滋滋滋滋滋滋滋滋滋滋滋滋滋滋滋滋滋滋滋滋滋滋滋滋滋滋滋滋滋滋滋
滋滋滋滋滋滋滋滋滋滋滋滋滋滋滋滋滋滋滋滋滋滋滋滋滋滋滋滋滋滋滋滋滋滋滋滋滋滋
滋滋滋滋滋滋滋滋滋滋滋滋滋滋滋滋滋滋滋滋滋滋滋滋滋滋滋滋滋滋滋滋滋滋滋滋滋滋
滋滋滋滋滋滋滋滋滋滋滋滋滋滋滋滋滋滋滋滋滋滋滋滋滋滋滋滋滋滋滋滋滋滋滋滋滋滋
滋滋滋滋滋滋滋滋滋滋滋滋滋滋滋滋滋滋滋滋滋滋滋滋滋滋滋滋滋滋滋滋滋滋滋滋滋滋
滋滋滋滋滋滋滋滋滋滋滋滋滋滋滋滋滋滋滋滋滋滋滋滋滋滋滋滋滋滋滋滋滋滋滋滋滋滋

滋滋滋滋滋滋滋滋滋滋滋滋滋滋滋滋滋滋滋滋滋滋滋滋滋滋滋滋滋滋滋滋滋滋滋滋滋滋
滋滋滋滋滋滋滋滋滋滋滋滋滋滋滋滋滋滋滋滋滋滋滋滋滋滋滋滋滋滋滋滋滋滋滋滋滋滋
滋滋滋滋滋滋滋滋滋滋滋滋滋滋滋滋滋滋滋滋滋滋滋滋滋滋滋滋滋滋滋滋滋滋滋滋滋滋
滋滋滋滋滋滋滋滋滋滋滋滋滋滋滋滋滋滋滋滋滋滋滋滋滋滋滋滋滋滋滋滋滋滋滋滋滋滋
滋滋滋滋滋滋滋滋滋滋滋滋滋滋滋滋滋滋滋滋滋滋滋滋滋滋滋滋滋滋滋滋滋滋滋滋滋滋
滋滋滋滋滋滋滋滋滋滋滋滋滋滋滋滋滋滋滋滋滋滋滋滋滋滋滋滋滋滋滋滋滋滋滋滋滋滋
滋滋滋滋滋滋滋滋滋滋滋滋滋滋滋滋滋滋滋滋滋滋滋滋滋滋滋滋滋滋滋滋滋滋滋滋滋滋
滋滋滋滋滋滋滋滋滋滋滋滋滋滋滋滋滋滋滋滋滋滋滋滋滋滋滋滋滋滋滋滋滋滋滋滋滋滋
滋滋滋滋滋滋滋滋滋滋滋滋滋滋滋滋滋滋滋滋滋滋滋滋滋滋滋滋滋滋滋滋滋滋滋滋滋滋
滋滋滋滋滋滋滋滋滋滋滋滋滋滋滋滋滋滋滋滋滋滋滋滋滋滋滋滋滋滋滋滋滋滋滋滋滋滋
滋滋滋滋滋滋滋滋滋滋滋滋滋滋滋滋滋滋滋滋滋滋滋滋滋滋滋滋滋滋滋滋滋滋滋滋滋滋
滋滋滋滋滋滋滋滋滋滋滋滋滋滋滋滋滋滋滋滋滋滋滋滋滋滋滋滋滋滋滋滋滋滋滋滋滋滋
滋滋滋滋滋滋滋滋滋滋滋滋滋滋滋滋滋滋滋滋滋滋滋滋滋滋滋滋滋滋滋滋滋滋滋滋滋滋
滋滋滋滋滋滋滋滋滋滋滋滋滋滋滋滋滋滋滋滋滋滋滋滋滋滋滋滋滋滋滋滋滋滋滋滋滋滋
滋滋滋滋滋滋滋滋滋滋滋滋滋滋滋滋滋滋滋滋滋滋滋滋滋滋滋滋滋滋滋滋滋滋滋滋滋滋

滋滋滋滋滋滋滋滋滋滋滋滋滋滋滋滋滋滋滋滋滋滋滋滋滋滋滋滋滋滋滋滋滋滋滋滋滋滋
滋滋滋滋滋滋滋滋滋滋滋滋滋滋滋滋滋滋滋滋滋滋滋滋滋滋滋滋滋滋滋滋滋滋滋滋滋滋
滋滋滋滋滋滋滋滋滋滋滋滋滋滋滋滋滋滋滋滋滋滋滋滋滋滋滋滋滋滋滋滋滋滋滋滋滋滋
滋滋滋滋滋滋滋滋滋滋滋滋滋滋滋滋滋滋滋滋滋滋滋滋滋滋滋滋滋滋滋滋滋滋滋滋滋滋
滋滋滋滋滋滋滋滋滋滋滋滋滋滋滋滋滋滋滋滋滋滋滋滋滋滋滋滋滋滋滋滋滋滋滋滋滋滋
滋滋滋滋滋滋滋滋滋滋滋滋滋滋滋滋滋滋滋滋滋滋滋滋滋滋滋滋滋滋滋滋滋滋滋滋滋滋
滋滋滋滋滋滋滋滋滋滋滋滋滋滋滋滋滋滋滋滋滋滋滋滋滋滋滋滋滋滋滋滋滋滋滋滋滋滋
滋滋滋滋滋滋滋滋滋滋滋滋滋滋滋滋滋滋滋滋滋滋滋滋滋滋滋滋滋滋滋滋滋滋滋滋滋滋
滋滋滋滋滋滋滋滋滋滋滋滋滋滋滋滋滋滋滋滋滋滋滋滋滋滋滋滋滋滋滋滋滋滋滋滋滋滋
滋滋滋滋滋滋滋滋滋滋滋滋滋滋滋滋滋滋滋滋滋滋滋滋滋滋滋滋滋滋滋滋滋滋滋滋滋滋
滋滋滋滋滋滋滋滋滋滋滋滋滋滋滋滋滋滋滋滋滋滋滋滋滋滋滋滋滋滋滋滋滋滋滋滋滋滋
滋滋滋滋滋滋滋滋滋滋滋滋滋滋滋滋滋滋滋滋滋滋滋滋滋滋滋滋滋滋滋滋滋滋滋滋滋滋
滋滋滋滋滋滋滋滋滋滋滋滋滋滋滋滋滋滋滋滋滋滋滋滋滋滋滋滋滋滋滋滋滋滋滋滋滋滋
滋滋滋滋滋滋滋滋滋滋滋滋滋滋滋滋滋滋滋滋滋滋滋滋滋滋滋滋滋滋滋滋滋滋滋滋滋滋
滋滋滋滋滋滋滋滋滋滋滋滋滋滋滋滋滋滋滋滋滋滋滋滋滋滋滋滋滋滋滋滋滋滋滋滋滋滋

滋滋滋滋滋滋滋滋滋滋滋滋滋滋滋滋滋滋滋滋滋滋滋滋滋滋滋滋滋滋滋滋滋滋滋滋滋滋
滋滋滋滋滋滋滋滋滋滋滋滋滋滋滋滋滋滋滋滋滋滋滋滋滋滋滋滋滋滋滋滋滋滋滋滋滋滋
滋滋滋滋滋滋滋滋滋滋滋滋滋滋滋滋滋滋滋滋滋滋滋滋滋滋滋滋滋滋滋滋滋滋滋滋滋滋
滋滋滋滋滋滋滋滋滋滋滋滋滋滋滋滋滋滋滋滋滋滋滋滋滋滋滋滋滋滋滋滋滋滋滋滋滋滋
滋滋滋滋滋滋滋滋滋滋滋滋滋滋滋滋滋滋滋滋滋滋滋滋滋滋滋滋滋滋滋滋滋滋滋滋滋滋
滋滋滋滋滋滋滋滋滋滋滋滋滋滋滋滋滋滋滋滋滋滋滋滋滋滋滋滋滋滋滋滋滋滋滋滋滋滋
滋滋滋滋滋滋滋滋滋滋滋滋滋滋滋滋滋滋滋滋滋滋滋滋滋滋滋滋滋滋滋滋滋滋滋滋滋滋
滋滋滋滋滋滋滋滋滋滋滋滋滋滋滋滋滋滋滋滋滋滋滋滋滋滋滋滋滋滋滋滋滋滋滋滋滋滋
滋滋滋滋滋滋滋滋滋滋滋滋滋滋滋滋滋滋滋滋滋滋滋滋滋滋滋滋滋滋滋滋滋滋滋滋滋滋
滋滋滋滋滋滋滋滋滋滋滋滋滋滋滋滋滋滋滋滋滋滋滋滋滋滋滋滋滋滋滋滋滋滋滋滋滋滋
滋滋滋滋滋滋滋滋滋滋滋滋滋滋滋滋滋滋滋滋滋滋滋滋滋滋滋滋滋滋滋滋滋滋滋滋滋滋
滋滋滋滋滋滋滋滋滋滋滋滋滋滋滋滋滋滋滋滋滋滋滋滋滋滋滋滋滋滋滋滋滋滋滋滋滋滋
滋滋滋滋滋滋滋滋滋滋滋滋滋滋滋滋滋滋滋滋滋滋滋滋滋滋滋滋滋滋滋滋滋滋滋滋滋滋
滋滋滋滋滋滋滋滋滋滋滋滋滋滋滋滋滋滋滋滋滋滋滋滋滋滋滋滋滋滋滋滋滋滋滋滋滋滋
滋滋滋滋滋滋滋滋滋滋滋滋滋滋滋滋滋滋滋滋滋滋滋滋滋滋滋滋滋滋滋滋滋滋滋滋滋滋

滋滋滋滋滋滋滋滋滋滋滋滋滋滋滋滋滋滋滋滋滋滋滋滋滋滋滋滋滋滋滋滋滋滋滋滋滋滋
滋滋滋滋滋滋滋滋滋滋滋滋滋滋滋滋滋滋滋滋滋滋滋滋滋滋滋滋滋滋滋滋滋滋滋滋滋滋
滋滋滋滋滋滋滋滋滋滋滋滋滋滋滋滋滋滋滋滋滋滋滋滋滋滋滋滋滋滋滋滋滋滋滋滋滋滋
滋滋滋滋滋滋滋滋滋滋滋滋滋滋滋滋滋滋滋滋滋滋滋滋滋滋滋滋滋滋滋滋滋滋滋滋滋滋
滋滋滋滋滋滋滋滋滋滋滋滋滋滋滋滋滋滋滋滋滋滋滋滋滋滋滋滋滋滋滋滋滋滋滋滋滋滋
滋滋滋滋滋滋滋滋滋滋滋滋滋滋滋滋滋滋滋滋滋滋滋滋滋滋滋滋滋滋滋滋滋滋滋滋滋滋
滋滋滋滋滋滋滋滋滋滋滋滋滋滋滋滋滋滋滋滋滋滋滋滋滋滋滋滋滋滋滋滋滋滋滋滋滋滋
滋滋滋滋滋滋滋滋滋滋滋滋滋滋滋滋滋滋滋滋滋滋滋滋滋滋滋滋滋滋滋滋滋滋滋滋滋滋
滋滋滋滋滋滋滋滋滋滋滋滋滋滋滋滋滋滋滋滋滋滋滋滋滋滋滋滋滋滋滋滋滋滋滋滋滋滋
滋滋滋滋滋滋滋滋滋滋滋滋滋滋滋滋滋滋滋滋滋滋滋滋滋滋滋滋滋滋滋滋滋滋滋滋滋滋
滋滋滋滋滋滋滋滋滋滋滋滋滋滋滋滋滋滋滋滋滋滋滋滋滋滋滋滋滋滋滋滋滋滋滋滋滋滋
滋滋滋滋滋滋滋滋滋滋滋滋滋滋滋滋滋滋滋滋滋滋滋滋滋滋滋滋滋滋滋滋滋滋滋滋滋滋
滋滋滋滋滋滋滋滋滋滋滋滋滋滋滋滋滋滋滋滋滋滋滋滋滋滋滋滋滋滋滋滋滋滋滋滋滋滋
滋滋滋滋滋滋滋滋滋滋滋滋滋滋滋滋滋滋滋滋滋滋滋滋滋滋滋滋滋滋滋滋滋滋滋滋滋滋
滋滋滋滋滋滋滋滋滋滋滋滋滋滋滋滋滋滋滋滋滋滋滋滋滋滋滋滋滋滋滋滋滋滋滋滋滋滋

滋滋滋滋滋滋滋滋滋滋滋滋滋滋滋滋滋滋滋滋滋滋滋滋滋滋滋滋滋滋滋滋滋滋滋滋滋滋滋
滋滋滋滋滋滋滋滋滋滋滋滋滋滋滋滋滋滋滋滋滋滋滋滋滋滋滋滋滋滋滋滋滋滋滋滋滋滋滋
滋滋滋滋滋滋滋滋滋滋滋滋滋滋滋滋滋滋滋滋滋滋滋滋滋滋滋滋滋滋滋滋滋滋滋滋滋滋滋
滋滋滋滋滋滋滋滋滋滋滋滋滋滋滋滋滋滋滋滋滋滋滋滋滋滋滋滋滋滋滋滋滋滋滋滋滋滋滋
滋滋滋滋滋滋滋滋滋滋滋滋滋滋滋滋滋滋滋滋滋滋滋滋滋滋滋滋滋滋滋滋滋滋滋滋滋滋滋
滋滋滋滋滋滋滋滋滋滋滋滋滋滋滋滋滋滋滋滋滋滋滋滋滋滋滋滋滋滋滋滋滋滋滋滋滋滋滋
滋滋滋滋滋滋滋滋滋滋滋滋滋滋滋滋滋滋滋滋滋滋滋滋滋滋滋滋滋滋滋滋滋滋滋滋滋滋滋
滋滋滋滋滋滋滋滋滋滋滋滋滋滋滋滋滋滋滋滋滋滋滋滋滋滋滋滋滋滋滋滋滋滋滋滋滋滋滋
滋滋滋滋滋滋滋滋滋滋滋滋滋滋滋滋滋滋滋滋滋滋滋滋滋滋滋滋滋滋滋滋滋滋滋滋滋滋滋
滋滋滋滋滋滋滋滋滋滋滋滋滋滋滋滋滋滋滋滋滋滋滋滋滋滋滋滋滋滋滋滋滋滋滋滋滋滋滋
滋滋滋滋滋滋滋滋滋滋滋滋滋滋滋滋滋滋滋滋滋滋滋滋滋滋滋滋滋滋滋滋滋滋滋滋滋滋滋
滋滋滋滋滋滋滋滋滋滋滋滋滋滋滋滋滋滋滋滋滋滋滋滋滋滋滋滋滋滋滋滋滋滋滋滋滋滋滋
滋滋滋滋滋滋滋滋滋滋滋滋滋滋滋滋滋滋滋滋滋滋滋滋滋滋滋滋滋滋滋滋滋滋滋滋滋滋滋
滋滋滋滋滋滋滋滋滋滋滋滋滋滋滋滋滋滋滋滋滋滋滋滋滋滋滋滋滋滋滋滋滋滋滋滋滋滋滋
滋滋滋滋滋滋滋滋滋滋滋滋滋滋滋滋滋滋滋滋滋滋滋滋滋滋滋滋滋滋滋滋滋滋滋滋滋滋滋

滋滋滋滋滋滋滋滋滋滋滋滋滋滋滋滋滋滋滋滋滋滋滋滋滋滋滋滋滋滋滋滋滋滋滋滋滋滋
滋滋滋滋滋滋滋滋滋滋滋滋滋滋滋滋滋滋滋滋滋滋滋滋滋滋滋滋滋滋滋滋滋滋滋滋滋滋
滋滋滋滋滋滋滋滋滋滋滋滋滋滋滋滋滋滋滋滋滋滋滋滋滋滋滋滋滋滋滋滋滋滋滋滋滋滋
滋滋滋滋滋滋滋滋滋滋滋滋滋滋滋滋滋滋滋滋滋滋滋滋滋滋滋滋滋滋滋滋滋滋滋滋滋滋
滋滋滋滋滋滋滋滋滋滋滋滋滋滋滋滋滋滋滋滋滋滋滋滋滋滋滋滋滋滋滋滋滋滋滋滋滋滋
滋滋滋滋滋滋滋滋滋滋滋滋滋滋滋滋滋滋滋滋滋滋滋滋滋滋滋滋滋滋滋滋滋滋滋滋滋滋
滋滋滋滋滋滋滋滋滋滋滋滋滋滋滋滋滋滋滋滋滋滋滋滋滋滋滋滋滋滋滋滋滋滋滋滋滋滋
滋滋滋滋滋滋滋滋滋滋滋滋滋滋滋滋滋滋滋滋滋滋滋滋滋滋滋滋滋滋滋滋滋滋滋滋滋滋
滋滋滋滋滋滋滋滋滋滋滋滋滋滋滋滋滋滋滋滋滋滋滋滋滋滋滋滋滋滋滋滋滋滋滋滋滋滋
滋滋滋滋滋滋滋滋滋滋滋滋滋滋滋滋滋滋滋滋滋滋滋滋滋滋滋滋滋滋滋滋滋滋滋滋滋滋
滋滋滋滋滋滋滋滋滋滋滋滋滋滋滋滋滋滋滋滋滋滋滋滋滋滋滋滋滋滋滋滋滋滋滋滋滋滋
滋滋滋滋滋滋滋滋滋滋滋滋滋滋滋滋滋滋滋滋滋滋滋滋滋滋滋滋滋滋滋滋滋滋滋滋滋滋
滋滋滋滋滋滋滋滋滋滋滋滋滋滋滋滋滋滋滋滋滋滋滋滋滋滋滋滋滋滋滋滋滋滋滋滋滋滋
滋滋滋滋滋滋滋滋滋滋滋滋滋滋滋滋滋滋滋滋滋滋滋滋滋滋滋滋滋滋滋滋滋滋滋滋滋滋
滋滋滋滋滋滋滋滋滋滋滋滋滋滋滋滋滋滋滋滋滋滋滋滋滋滋滋滋滋滋滋滋滋滋滋滋滋滋

關於橘家的埋葬②

回答者＝岩室富士男
聽打者＝酒井宏樹

我不太想回答。因為覺得有點對不起她們……可是又不能不留下來。大家都說那房子不能住人。這也是沒辦法的事。真的是沒辦法的事。

也非常對不起物部先生（式喰一族。所謂「式喰」，是這個地方特有的人物，相當於祈禱師）……聽說齊清先生（物部齊清）還很年輕，法力也非常高強，所以我還以為應該沒問題。可是他明明告訴過我小孩不行……可是如果不讓人住進去，我就……沒錯，這都是藉口。再怎麼樣，也不該讓什麼都不知情的人當代罪羔羊。

茉莉小妹妹（鈴木茉莉）很可愛，總是「爺爺、爺爺」地叫我，還給我她的折紙，真的非常可愛，是個好孩子。舞花小姐（鈴木舞花）人也不壞。大概因為是都市人，覺得我們很煩，也確實表現出不友善的態度。但這實在不能怪她。儘管年紀輕輕就死了丈夫，仍把茉莉小妹妹教育成懂事乖巧的小孩，這可不是誰都辦得到的事。我真的這麼認為……

沒錯，對不起，對不起，事到如今……

那片土地是靈穴。你知道靈穴嗎？是那個聚集的地方。那個都聚集在那裡。先祖請教過物部先生前幾任的式喰大人，決定為那裡蓋上蓋子，要是能再蓋座廟就好了。種花的地方好像就是結界。

聽說蓋上蓋子時，也有好幾個人被帶走、、、了。但那也沒辦法。誰叫我們的祖先做出那種事。起初先蓋成小屋，但式喰大人說光是這樣鎮壓不了。實際上也的確湧出了一些。還說要是沒有人住在裡面就毫無意義了。於是又想盡辦法將小屋移到別處，在靈穴上蓋了房子，不過那棟房子已經不在了。已被深井家（應該是橘的分家）的媳婦放火燒掉。

我知道她被虐待得很慘，所以大概是為了報復婆媳問題而放的火。她明知沒了那棟房子，大家都會很頭疼。

事實上真的很頭疼。眼看事情變得不可收拾，不止物部先生，大家還找來了津守先生（式喰一族的另一分支），這件事我記得非常清楚，因為後來又死了幾個人。沒錯，深井家的人都死了。

結果又改建成現在那種洋房的風格。物部先生說所有的形狀都有其意義。不過從外觀上看來確實很漂亮、很可愛，所以吸引了很多人來看屋，可惜都住不久。要說正常也很正常，但他們都說聽到了聲音，還看到女人。因為小屋就是那樣。你也看到那幅畫了吧。確實，連我也覺得那幅畫很詭異。在那幅畫旁邊能睡得安穩才有鬼。沒錯，也有人管那棟房子叫鬼屋。上一任的屋主是名叫史密斯的美國人，聽說很喜歡恐怖的東西。那棟房子在美國好像也很有名。他說他是在某人的部落格上看到的。

——我問他是不是多明尼克．普萊斯。

多明尼克……哦，多姆嗎。他幾年前來過，是個好傢伙……不過，史密斯先生不可能不知道多姆的下場吧。

還以為這次終於能長久住下來了，他卻突然消失。大概是回去了。真是的，也不說一聲。總之我們也很傷腦筋，而且不曉得怎麼回事，現在竟然變成我的房子，我必須想辦法處理才行，最後好不容易找到舞花小姐。

（這時，富士男突然放聲大哭，錄音暫時中斷）

不好意思……我知道已經無力回天了。茉莉小妹妹好像是個體弱多病的孩子，東京的空氣不適合她。她一直躲在舞花小姐背後……舞花小姐看起來很急，一直說想快點決定，或許也無心聽我說明。但我確實沒告訴她小孩子不行，會有危險。是我！是我不好！

……不好意思。該說是果不其然嗎，■■■來了。茉莉小妹妹看見了。如果她看到的東西是女生或男生還好一點……

齊清先生當時大發雷霆。這也難怪。他完全有理由發脾氣。

如果是女生，名字叫松，是橘家的孩子。雖然不是什麼好東西，但也只是喜歡跟小朋友玩而已。

如果是男生，事情就大條了，但也只要搬家就沒問題了。

我在說什麼？就是因為出現在那個家裡……說出現好像有點失禮。就是聚集在靈穴裡的東西……如果既不是男生，也不是女生，則是超出言語能形容的「問題大條了」。

因為那個一出現，即使搬家也擺脫不掉。所以我找來齊清先生，問他該怎麼辦才好。齊清先生怒不可遏地說：「只要你們去死就好了。」他明明是那麼善良的人……不過就算我們去死也無濟於事。齊清先生知道這一點。我們也知道。

所以我們做了那件事。用你也能明白的說法就是「消災祈福」。

除了式喰大人以外，誰都不能看見[redacted]，所以要把茉莉小妹妹和舞花小姐的眼睛蒙起來。

沒錯，我也沒親眼看見。不過我以前看過「消災祈福」的儀式。圍著[redacted]，誠心祝禱。請你回去。……這不是廢話嗎？對手可是[redacted]喔。單純的消災祈福根本對付不了。所以這其實並不是「消災祈福」那種東西。我只是為了讓你比較容易理解。

也對，畢竟你已經知道結果了。就如同你所知的，齊清先生已經動不了了。因為四肢都已經被帶走。他好像慢慢地可以開始說話……但想也知道不可能再跟以前那樣工作。他的模樣……我不知該如何形容才好，簡直跟昆蟲沒兩樣。物部先生說他再也不要跟橘扯上關係。這也難怪。舞花小姐的葬禮是請她的母親主持。沒錯，錢全部由我們出。那當然。這一切都是理所當然。

……你問茉莉小妹妹嗎。齊清先生變成那樣後，我馬上打電話給津守先生，無論如何都得把茉莉小妹妹要回來才行。津守先生接起電話，劈頭就說他充滿了不祥的預感、事情是不是變得很嚴重等等，他只想趕快掛電話。但我也是拚了老命說服，表示齊清先生已經不能指望，可以請他至少把孩子要回來好嗎？他問我齊清先生是那個齊清先生嗎。齊清先生果然不是泛泛之輩，只聽到津守先生說：「連齊清先生都辦不到了，我也沒辦法。」我死皮賴臉地繼續求他，他只說：「夠了，快掛電話。」我問他為什麼，他說：「我們的對話已經被聽見了，那個就要來了來了來了。」還說：「我知道了，我這邊也會想辦法試試。所以拜託你，快掛電話吧。不然那個就要來了。」……是的，你猜得沒錯。在那之後，津守先生的左手也被帶走了。他雖然趕著送來了護符（護身符？），但大家都知道那根本沒效。

但願茉莉小妹妹……嗯，也不可能了吧。我已經知道了。

舞花小姐的母親一直逼問我們，為什麼沒有茉莉的身體。我也想一五一十地告訴她，但她不可能相信的。只有你們這種╳╳（略。歧視用語）才會相信。所以山岸那個糟老頭（※參照）才會口無遮攔地什麼都跟你說吧。像你這種人，真的是……

（富士男在這之後破口大罵了好一會兒）

如果說還有什麼希望，大概是至少拿回了舞花小姐的身體。這真的是唯一的救贖。她看起來就像睡著了一樣。我猜會不會是她死去的丈夫保護了她。可惜茉莉小妹妹……

（富士男還在說話，但音量小到幾乎聽不見）。

話說回來，你以為你知道■■■後還能沒事嗎？以為只有自己能逃過一劫嗎？

■■■隨時都在看著我們喔。當然，也在看著你。

※酒井宏樹「關於■家的埋葬①」、■■■、20■■、p13

這是我在〈語〉引用其報導的記者，酒井宏樹，直接寄來給我的內容。暈開的文字印在粗糙的稿紙上，被隨便塞進牛皮紙信封袋裡，所以我起初還以爲是黑函之類的，差點就直接丟掉（從事這份工作久了，偶爾也會收到只能以黑函來形容的怪東西）。

感覺非常不舒服，幸好是寄來醫院，而非寄去我家，稍微減輕了一點不適感。

因爲想知道橘家所有怪異的全貌，我透過許多管道問了許多人。尤其是對超自然現象非常有研究，甚至還在這方面的雜誌上有連載專欄的齋藤晴彥，我認爲可以從他口中得到相當有料的資訊，畢竟他是專門研究民俗學的學者。

聽我說完橘家的故事，他馬上回答：「那是四國某個具有憑依（注）血統的家族。」

還有所謂的蛇蠱。大家知道蠱毒吧？在壺裡塞滿各式各樣的毒蟲，像是蝮蛇或蠍

注　即被鬼神或靈體附身。

子、毒蜘蛛和毒蛾等等，過一段時間，牠們就會開始自相殘殺。最後一隻剩下來的毒蟲即爲最厲害的毒物，足以成爲詛咒的工具……蛇蠱便是蛇的版本。聽說最早是從中國傳來的，故事是這樣：

滎陽郡有一戶廖姓人家，代代施行某種蠱術，以此致富。有次這戶人家娶媳婦，擔心告訴對方蠱術的事，對方會嫌棄害怕，因此祕而不宣。有一天，家人盡數外出，獨留媳婦一人看家。

不料媳婦忽見家中角落有個大缸，打開蓋子一看，發現有條大蛇盤踞在缸內，不知情的媳婦見狀大驚，連忙注入熱水，殺死大蛇。家人回來後，聽聞媳婦報告此事，全都臉色大變，又驚又懼。

在那之後沒多久，這家人就染上瘟疫，幾乎死絕。

（岡本綺堂編譯《中國怪奇小說集》沉默出版社（注1），昭和十年〈一九三五年〉）

據作家村上健司（注2）透露，不知是何緣故，這種「蛇蠱」流傳到日本的四國地區。傳說中，有個男人發現了漂流到海岸的長持（近代日本用來裝衣服或寢具的木箱），男人把長持帶回家，與村民協議後，決定平分裡頭的東西。打開長持一看，裡頭竟爬出了無數的蛇。那些蛇長驅直入地鑽進每戶人家裡。被蛇入侵的人家就成了「蛇蠱家族」。

齋藤說，他認爲這就是橘家的起源。

仔細拆解下來，出現在〈語〉中、雅臣給佐野道治看的大壺，或許就是蛇蠱的壺，各種與橘有關的傳言也都讓人聯想到蛇

因爲具有憑依血統，從這個角度來看，橘家人自古以來在特定地方握有權力一事，就顯得極爲合理了。

然後是以〈見〉爲題，酒井宏樹關於鈴木舞花的報告，又或者是他的創作。這大概是透過齋藤居中聯絡，由酒井直接寄來給我。

這是以鈴木舞花爲第一人稱進行的創作小說。我之所以認爲是創作，是因爲酒井宏

注1 日文書名爲《支那怪奇小説集》，出版社爲サイレン社。

注2 村上健司，一九六八年～。妖怪愛好會第二代會長，著有《京都妖怪紀行》、《日本妖怪物語》，與水木茂共著《日本妖怪大事典》等著作。

樹聽打錄音檔時，鈴木舞花已經死了。這在寫得不好的怪談中經常發生，作品中的主述者已經死了，事後才由別人補述因而產生矛盾。

還有，擁有不寒而慄的土著信仰的家族，發生一連串怪事，請靈媒師來消災解厄、但以失敗告終的劇情也充滿了「虛構」的氛圍。

名爲〈忌錄〉的作品也是同樣例子。有段時間，網路上盛傳著「這是不是三津田信三（注1）用其他筆名寫的作品？」雖然不是三津田那種每個細節考證都環環相扣的恐怖之作，但也非常好看。簡單地說，這是在現代恐怖小說的創作中屬於比較「流行」的展開手法。可是翻過一頁後，下一頁被「滋」字塡滿的手法其實相當古典，但著實令人寒毛倒豎。眞希望他能顧慮一下利用値班時間閱讀的讀者心情。

岩室富士男恐怕就是橘家分家的當家。他說的話非常耐人尋味，因爲還提到了出現在〈讀〉的阿松、在〈語〉裡出現的多明尼克。這感覺就像見到老朋友，令人雀躍不已。

鈴木母女住的房子就蓋在岩室富士男所說的靈穴上，扮演著類似神社、封印住各種邪穢的角色。如果無人居住就無法運作，所以大概才費盡苦心地尋找住戶。歷任屋主都遇到靈異現象，所以要找到買家想必比登天還難，最後變成了內行恐怖迷之間才知道的地點。

這時，多明尼克又出現了。多明尼克是很有名的怪談蒐集家，因此有個名叫史密斯的青年看到他寫的部落格，受到吸引去那裡探險，結果還住進那棟諸多問題的房子裡。但他失蹤了。經過調查，發現有個應該是他妹妹的人物，幾個月前用蹩腳的日文，在社群網路上呼請大家幫忙協尋史密斯。爲了尋找史密斯的下落，我也上網搜尋，但是找著找著，我發現了一件事。多明尼克的部落格並沒有「松山（注2）」的頁面。他幾乎每週都會更新部落格，待在日本的紀錄也都還在，唯獨去了松山以後的紀錄不翼而飛。既然如此，史密斯是看到什麼，又是怎麼找到那個地方的？我腦中產生各種可能的想像，不由得膽戰心驚，甚至暫時停止調查。

從鈴木舞花角度出發的故事中，夾帶著「活人獻祭」這點也激起我的好奇心。我看過六車由實（注3）聚焦於「活祭品（人柱）後來怎樣了？」展開論述的著作《神吃

注1　三津田信三，一九七八年～。日本小說家，擅長結合恐怖與推理的民俗學於作品中，代表作爲「刀城言耶系列」。

注2　松山爲愛媛縣最大的城市。

注3　六車由實，一九七〇年～。日本民俗學家，著有《神、人を喰う：人身御供の民俗学》。

人》。這本書旨在探索被當成活祭品獻祭的人類，實際上有什麼下場。由於是學術性的民俗學書籍，因此沒有歸結到怪力亂神的超自然現象。

T先生——也就是橘家——具有蛇的憑依血統。從山岸老人的敘述也可以建立以下推測：怪異除了跟蛇有關以外，因爲過去曾經立過人柱，因此受到那些人柱的怨恨，所以怪異的原因其實是人的怨念。

然後是不能讓小孩住在那棟屋子裡的規矩。

如同鈴木茉莉看到「小咪」一樣，或許住在這裡的小孩都會看到什麼不該看的東西，甚至被附身。那個不該看的東西，如果是女生就是阿松，這一點也很有意思。想必阿松終究沒能實現成爲職業婦女的願望，自己也被橘家的怪異纏上了。

如果是女生就是阿松，但如果是男生卻沒有特別說明，而如果既不是男生也不是女生，又會是什麼呢？從「小咪」這個暱稱、蛇蠱家族……種種線索來聯想，很難不想到該不會是「小巳(注)」吧？也就是取自蛇的形狀。但我實在不覺得小朋友會喜歡蛇的形狀。再說了，蛇會玩捉迷藏嗎？

然而，假設怪異的眞面目就是蛇，那麼經常出現的聲音，以及那些「滋」字，無疑是指蛇在地上爬行的聲音。

比較不懂的是[redacted]。前面出現過的「[redacted]」尚且不知是何意，便又出現了新的謎團。酒井寄給我的原稿並未將[redacted]塗掉，但是爲了營造氣氛，我故意不寫出來——這其實有一半單純是開玩笑，另一半則是因爲那三個字乍看之下沒有任何意義，上網也查不出個所以然來。所以在搞清楚意思前，我決定先不寫出來。去請教齋藤或許能得到一些線索。我很期待他看到原稿的反應。

冷不防地，我突然發現自己開始相信，這些不過是虛構創作的一連串故事，其實眞有其事。

不知是誰說過「如果要撒謊，只要加入一點眞話，就不會穿幫」——這種手法，便是在創作的怪談作品裡加入實際存在的人物、眞實發生的事件、眞實存在的地名等等，我完全中計了。

注「巳」的日文訓讀讀作「み」（mi），跟小咪的發音一樣，也有蛇的意思。

然而，讀者諸君在閱讀怪談時，以相信「這是眞實發生過的事」的心態閱讀，或用「一定是虛構的吧」不以爲然的心態閱讀，哪種閱讀體驗比較享受呢？

我認爲是前者。

PHS手持電話突然響起。我嘖了一聲。今天難得放假，我想好好地沉浸在創作的世界裡，奈何由不得我。今天輪到我値班，必須應付那些趁週末假日、醫院門診不開的白天來看病的患者。雖然非常不情願，但也不能不接。

「喂。」

「醫師，海老原來了。」

這個聲音大概是櫃檯的金森小姐。金森小姐給人「圖書館少女」的印象，戴著眼鏡，長長的黑髮紮成一束，是個氣質溫呑的年輕女性，但是人如外表，工作態度也很溫呑。交代她做的事轉頭就忘了，還會自作主張不與其他科的醫師聯絡，或是對患者隨便說明一下就自顧自下班。

就連性格豪爽、很少在職場上數落別人的中山小姐也經常被她激怒，我就看過好幾次中山小姐大聲叱責她的畫面。但她也只是心不在焉地以「啊」或「喔」應聲，完全沒有要改善的意思。

因此可以的話，我盡量不想與金森小姐共事。例如此時此刻。

「金森小姐，我說過好幾次了，請說患者的全名。而且要仔細地告訴我對方有什麼問題，否則我很難處理。」

耳邊傳來掛斷電話的聲音，然後就什麼都聽不見了。

氣得說不出話就是我現在的寫照。金森小姐說完想說的話就逕自掛斷電話。

這個臭女人。但就算破口大罵也解決不了問題。我迅速地披上外套，走出家門。

想當然，假日的醫院幾乎空無一人。我穿過靜悄悄的大廳，走向走廊盡頭的診間。如我所料，金森小姐果然不見人影。她經常不說一聲就擅自離開工作崗位。真的很不可思議，她怎麼還沒被開除啊？

我嘆口氣後打開電腦，點開電子病歷。電子病歷的好處是，即使不幸遇到這種毫無責任感的人，必須在沒有任何資訊的情況下爲患者看病，也能掌握一定程度的狀況。

問題在於是哪一位海老原。我在搜尋欄輸入「海老原」，心裡暗叫一聲不妙。因爲不曉得全名，所以也無從分辨性別。

這麼一來，再怎麼百般不願也得打PHS問金森小姐。病患海老原十之八九應該是在X光室（因爲我是整形外科的值班醫師），但如果我去找對方，反而與對方錯過就糟了。而且金森小姐根本是不合常理的笨蛋，丟下患者不管這種事也並非不可能。

我火冒三丈地按下她的電話號碼。

「是蛇喔。」

背後突然從傳來聲音。

是女人細細的聲線。明明沒什麼抑揚頓挫，卻覺得話裡帶刺，一陣涼意竄過全身。

「是蛇。」

對方又說了一次。我這才反應過來。

她應該就是海老原女士。但不是海老原，而是蛇、老原。

又是金森小姐搞的鬼。金森小姐不止是笨蛋，還是個大笨蛋。不僅告訴我錯誤的患者姓名，還丟下患者，不曉得跑哪裡摸魚去了。蛇老原女士大概是等到沒辦法了，只好自己來找我，眞可憐。我對自己剛才聽到對方聲音時感到不快而覺得可恥。身體不舒服，來看病還受到這種待遇，是人都會表現出帶刺的態度吧。

我回過頭去，正想爲服務不周賠罪時，一股氣流穿過喉嚨。

我險些驚叫起來，拚命咬住口腔內的肌肉，把尖叫聲呑回去。

「是蛇。」

她以渙散的眼神一再重複這句話，臉的正中央沒有鼻子。

整張臉都腫起來了，左眼幾乎完全凹陷，上唇也少了一部分，牙齒都脫落了。

至今只在教科書裡看過的末期梅毒患者，就站在我眼前。

您今天是哪裡不舒服呢？

這句原本已形同肌肉記憶的台詞，這次卻說不出口。因爲不管想說什麼，現在只要自己一開口，肯定會放聲尖叫。

「不爲我治療嗎？」

她在我面前坐下。

「這裡是骨科醫院不是嗎？」

「請、請去掛感染科。」

好不容易擠出來的聲音，顫抖得我自己都感窩囊。竟然連安撫患者的話都說不出口。

她笑了。不確定她臉上的表情算不算在笑，但確實聽見咯咯的笑聲。

「你有沒有不管做什麼都沒好下場的經驗？早知道就什麼都不做了，但如果不開始就絕對回不去，做什麼都沒用喔。」

「這到底在講什麼……」

我斷斷續續地串起支離破碎的話語，她的臉已逼近到氣息幾乎可以吹到我的臉上。

「醫師，我的骨頭好痛好痛，痛得受不了。」

「那、那我帶妳過去。」

我一心只想逃離，正要推開椅子站起來，她細瘦的手指卻一把抓住我的手腕。

「你也會變成這樣。」

她張開血盆大口，朝我逼近。

我緊緊地閉上雙眼。

等了好一會兒，沒有任何聲音。不僅如此，直到剛才確實都還在身邊的氣息，也消失了。

我惶惶不安地睜開眼睛，極目所見只有診間米黃色的壁紙。

「醫師。」

「哇啊！」

我大喊一聲，從椅子上摔了下來。太丟臉了。

一道在紅框眼鏡後方的視線正凝視著我。是金森小姐。

「你怎麼了？」

「妳還敢問我怎麼了！」

我為了掩飾恐懼與羞恥，幾乎是拿金森小姐出氣般地怒吼。

「妳就不能把話說清楚嗎！再說了，那麼嚴重的病人根本不該找我處理！」

「什麼？」

更令我生氣的是，金森小姐居然以看瘋子的眼神看著我，用手指撥弄髮尾。

我深做呼吸，讓情緒平靜下來。眼下就算把她罵得狗血淋頭，也只是白費力氣。

「蛇老原女士呢？」

「蛇老原？」

「連自己負責的患者名字都記不住啊妳。」

她的鸚鵡學舌讓我覺得她根本是故意要激怒我，我終於放棄用標準日語說話。

「你幹麼突然發火，好嚇人。我今天沒有負責任何患者，也沒打電話給醫師你啊。」

「不，妳打了。不信妳看。」

我按下ＰＨＳ的按鍵，想讓她看來電紀錄。沒想到……

「沒有……」

無論我怎麼按，都沒有來電紀錄。今天根本沒人打電話給我。

金森小姐看著目瞪口呆的我，笑得很不屑。

「誤會──好像解開了？我只是聽見有奇怪的聲音，所以才來看看。這好像是第一次看到你生氣呢。我還滿喜歡男人用關西腔說話的。」

我很想對她離開診間的背影說「但我很討厭妳！」，最後還是忍了下來。看樣子是我誤會醫院打電話給我。機械不會說謊。我不僅誤會，還對她大吼大叫，反而是我要向金森小姐道歉才對。

心臟還在撲通撲通地狂跳。我反覆深呼吸，努力想恢復平常心。

我肯定是在做白日夢。只有這個可能性。

我確實連續好幾天都睡眠不足。除了工作以外還要寫作，而且我不年輕了，可能已經過了就算不睡覺也沒關係的年紀。

處於這樣的狀態下，再加上受到自己寫的東西影響，所以才做了這個陰森森的夢。但轉念又想，陰森森的形容太失禮了。即使是做夢，我也對自己的行爲非常失望。無論處於什麼樣的狀態，都不該用「陰森森」來形容病人的外表。

我整個人趴在桌上，然後又坐起來。如果是敬業的醫師，這時或許會看點什麼資料再回去，但我今天已經什麼都做不了，只想買點甜食回去。正要關上電腦時，我的視線掃過螢幕。

你也會變成這樣

我再次硬生生地嚥下悲鳴。

搜尋欄位出現了這行字。

這也是我無意中輸入的嗎？

就這樣，我抱著非常不舒坦的心情回家了。如果各位讀者當中也有喜歡蒐集怪談、把怪談書寫下來的人，請務必小心。

我的意思不是說會發生靈異現象。

而是太投入的話，就會發生這種意想不到的失誤，浪費寶貴的時間。不過這也不僅限於怪談就是了。

編

醫師

過了數個月後。

如我所料，齋藤似乎知道些什麼。或許是基於學者、研究人員的性格使然，他不願透露記憶中不確定的訊息。這次不曉得受到什麼驅使，不僅提供了幾項線索，還說「我再仔細調查看看」，但之後幾經催促，他的回答並沒什麼參考價值。

我也好不到哪去，不僅無法蒐集到更多的情報，有次看診時，還被體型壯碩、突然失控的患者打得鼻青臉腫，慘不忍睹，最後導致胸腰椎骨折，即所謂的壓迫性骨折。這通常好發於骨質疏鬆症的女性或臥病在床的老年人身上，我做夢也想不到會發生在自己身上。除了不能走路，就連起床、呼吸都有困難，因此不得不暫時住院進行復健。

給我最重一擊的，其實是大腸憩室炎(注)。好不容易可以下床走路了，這次卻又感到小腹與大腿根部疼痛，還以爲是骨折的後遺症，但尿液混濁，接受檢查才發現是大腸憩室炎，只好又回頭住院。

無計可施下，我打算加上自己的解讀，向大家介紹齋藤提供給我的線索。

「這一定是詛咒喔，醫師。」

中山護理師說。

「呃，說是詛咒會不會太誇張了？要是把生病或受傷都怪到詛咒頭上，就不能從事這一行了。」

「醫師，我沒有在跟你開玩笑喔。」

中山小姐微蹙起她那非常有特色的額頭，額頭上浮現出深深的皺紋。

「我跟醫師不一樣，對這方面的態度比較愼重。太深入調查怪談的話，就會認爲怪異眞有其事。你忘了水谷的事嗎？」

水谷是以前來臨床實習的男學生，跟我們一樣，都很喜歡怪談。但水谷不像我們「只想聽故事就很開心了」，還會以異界探訪爲名，從事民俗學的田野調查。我還曾提醒過他，千萬不要影響到學業，不過他的成績總是名列前茅，所以我也不好再多說什麼。他

注　常見症狀爲右下腹痛、發燒噁心等。大腸憩室若反覆發炎感染，可能導致大腸膿瘍或大腸穿孔，進而引發腹膜炎。

對一個名叫「人十塚」的場所——聽說是以前處死隱匿基督徒的地點——充滿好奇，熱忱地展開調查。

他決定在六年級學期的黃金週（注1）（回想我的學生時代，醫學系最後一年的黃金週要準備國考和醫院實習，根本沒心情去旅行，但水谷很優秀，所以才不以爲意吧）去拜訪「人十塚」。那是我最後一次聽到他的消息，之後就再也沒人見過他了。

大家都說會不會是因爲他跟父親的關係不太好，但只有我和中山小姐不這麼想。我們都認爲這是邪穢作祟，他被神隱（注2）了。

「嗯，不過水谷的情況牽涉到基督徒處刑，確實給人不妙的感覺，但也不能因此斷定水谷失蹤跟邪靈作祟有關。」

聽到我這麼說，中山小姐目光銳利地瞪了我一眼。

「算了。這麼想調查的話隨便你。不過，請不要再跟我討論這件事，我不想聽，也不想扯上關係。」

耳邊突然傳來「啪嘰」一聲巨響，我猛然回頭。

治療骨質疏鬆症藥物的吉祥物波娜琳掉在地上。

波娜琳的左手斷了。

「你看吧。」

中山小姐以低沉的音調說道。轉身離去。

不就只是吉祥物掉下來嗎？我正想向她抗議，但又想起波娜琳是軟膠玩偶。

當天夜裡，我重新看了一遍自己整理在電腦裡的傳說與相關考察資料。

注1　日本在四月底～五月初由多個節日組成的大型連假。

注2　被神怪隱藏起來之意，類似臺灣「魔神仔」的說法。

獨眼魚

[redacted]池有一塊稱爲蛇枕的大石頭。相傳大蛇睡覺時會枕著這塊石頭，尾巴則纏繞在變色的松樹上。

這條大蛇有時會侵襲附近的村落，有一天，領主想趕走這條大蛇，請來善射的名人何某，要他射殺大蛇。

何某放出十三枝箭，殺中大蛇的左眼，趕跑大蛇。但是因爲大蛇作祟，從此以後[redacted]池的魚都沒有左眼，成了獨眼魚。

日本全國都有這種傳說，不勝枚舉。最有名的版本大概是宮城縣的都萬神社吧。木花開耶姬命的繩結掉在神社的池塘裡，貫穿鯽魚的眼睛，變成獨眼魚。

關於獨眼魚的起源，柳田國男（注1）的解釋是「基於信仰上的理由而刻意弄瞎一隻眼」，從這個傳說大多跟池塘有關，以及相傳只要把魚放進大河，眼睛就會恢復原狀這幾點來看，末廣恭雄（注2）在〈獨眼魚〉（《魚與傳說》新潮社，一九六四年）一文裡則主張「若池水含有大量的氮氣，池中棲息的魚就會染上氣泡病，眼睛變成氣泡狀，被當成獨眼魚」。

無論如何，「獨眼魚」都被視爲神界的使者、獻給神明之物的符碼。

這裡要注意一點，那就是，魚少掉的那隻眼睛，一定是左眼。

注1　一八七五～一九六二年，日本知名作家及民俗學之父，也是首位將日本民間神怪傳說做系統紀錄的學者。

注2　一九〇四～一九八八年，東京大學農學部水產學科博士兼教授，爲魚類研究的先驅。

姊妹蛇

以前在[redacted]城下有個名叫[redacted]屋的富商，[redacted]屋的老闆是個非常貪心的人，會利用兩種大小輕重不同的磅秤欺騙客人，牟取暴利。

那個人有兩個女兒，姊妹都長得很標緻，堪稱城下周圍數一數二的佳人，但姊妹倆的一隻手生來都有類似鱗片的胎記。兩人喜歡戲水，每天晚上都會去河邊。此外，任憑家人再怎麼勸阻，也無法阻止她們吃生蛋。據說姊妹倆是父親貪心的報應，生下了蛇的化身。

姊妹倆的身體慢慢地愈來愈像蛇，父母終於忍無可忍，分別給她們一名僕人，把她們趕出家門。

姊妹倆流浪到[redacted]鎮，在鎮上的旅館投宿，當晚特地交代旅館老闆：「無論發生什麼事，都不准偷看我們的睡相。」嚴格禁止他們偷窺。

旅館老闆看見姊妹倆丰姿綽約的美貌，忍不住打破禁忌，偷偷窺探，只見有兩條大蛇睡在客房裡，忍不住大聲尖叫。姊姊對嚇得往後彈開的老闆丟下一句：「這家旅館今後都不會再繁榮興盛。」說完，就這麼帶著僕人消失在黑暗裡。如她所說，那家旅館的生意從此以後都沒有再興盛過。

姊姊走到讚岐的池塘，跳進水裡。妹妹前往[redacted]淵，對僕人說：「這裡不是左旋的漩渦，所以我進不去。」但終究放棄掙扎，改變模樣，進入水裡。

不久後，當時的民謠便開始有了「姊池，妹淵，好可憐，[redacted]的蛇」的歌詞。

我猜這個故事應該是「投水的女人」這類民間故事的變化版。

在「投水的女人」這類故事中，最有名的莫過於「清姬」的故事。清姬對俊美的僧侶安珍一見鍾情，不顧女人的臉面主動向他求愛卻遭到拒絕，安珍還騙她：「等我修行結束，一定會回到妳身邊。」清姬得知自己受騙後，追上安珍，安珍繼續謊稱不認識她，於是清姬怒髮衝冠，化爲大蛇要殺他。安珍倉皇逃進寺廟，躲在鐘裡，而化爲蛇身的清姬引火燒鐘，把安珍活活燒死。殺死安珍後，清姬也投水自盡——大概就是這類有些不合常理的故事。

從平安時代到現代，這個廣爲人知的清姬傳說衍生出各式各樣的變化，而清姬傳說的原型其實是「與神祇的婚姻」。

其實不分東西方，古代的水邊都有相當於神祇的女人，所以有很多這方面的故事。她們爲了與不具實體的神祇結合，不惜投水自盡。一旦與神祇結合，便成爲了相當於巫女的存在，而這些就是「投水的女人」這類故事中的女人們。

在這些大同小異的故事中，因爲這篇〈姊妹蛇〉是一對姊妹，所以特別有意思。

另外，這也可以說是一種「父債子還」的故事。

光看字面上之意，「與神祇的婚姻」或許給人某種榮譽感，但其實說穿了，與「活祭品」無異。

〈姊妹蛇〉可以解釋成，一對可憐的姊妹花被貪婪的父親拖累，變成活祭品的故事。

嫁女兒

某個男人有個女兒。女兒與蛇私通，追隨大蛇跳入[redacted]淵。男人爲找女兒，前往[redacted]淵，發現[redacted]淵鋪了新的榻榻米，女兒與大蛇正在榻榻米上交媾。男人勸女兒回家，女兒說她是被蛇帶來這裡，所以已經回不去了。蛇立下誓約，發誓會好好照顧他的女兒，並答應男人，只要把誓約貼在家門口，他的村子一定不會歉收，大太陽的時候會下雨，饑荒的時候能豐收。那一年烈日當空，但蛇實現了承諾，從天上降下很多小蛇，變成雨水落下。

後來，這個家族就絕後了，只留下那篇誓詞，由神官保存。直到現在，只要貼出那張誓詞，當地就會下雨。

但是若換成其他村子的人來張貼，蛇既不會出現，也不會下雨。

這是利用一條線往來於現世與異界之間，是爲所謂的「魚鉤型神話」。

在《古事記》中，〈海幸彥與山幸彥〉便是最有名的魚鉤型神話。

這是描寫擅長在海上捕魚的海幸彥（兄）與擅長在山上打獵的山幸彥（弟）之間的故事。

這也是大家都聽過的〈浦島太郎〉之故事原型，山幸彥就是浦島太郎。浦島太郎前往龍宮城的原因是救了被欺負的烏龜，但在〈海幸彥與山幸彥〉的開頭並非如此：山幸彥不小心弄丟了哥哥的魚鉤，結果遭到壞心眼的哥哥刁難，要他潛入海中找回魚鉤。幸好有鹽椎神（掌管海潮之神）變成烏龜，告訴他魚鉤的所在之處。

另外，〈浦島太郎〉的乙姬，則是海神的女兒豐玉姬。

豐玉姬與山幸彥在龍宮城（綿津見神宮）生活了三年，並懷了他的孩子。因爲不能在海中產子，他們決定回到陸地上，在海邊蓋房子準備生產，但房子還沒蓋好，豐玉姬就要臨盆了。豐玉姬告訴山幸彥：「我想以本來的面貌生產，所以你千萬不要偷看。」

但山幸彥還是忍不住偷看產房。只見豐玉姬變成八尋和邇（注），像條蛇似地匍匐在地，他嚇得落荒而逃。

被山幸彥看到自己的眞身，豐玉姬羞愧難當，丟下剛產下的稚子，回到海裡去了。

在那之後，豐玉姬雖然惱恨山幸彥偷看，但是爲了孩子，仍託妹妹玉依姬代爲撫養，並寄情於詩歌，互相吟詠，以詩敘情。

順帶一提，「和邇」並非眞的鱷魚，而是大蛇或鮫、巨大的兔子等等，總之眾說紛紜。與前述的〈姊妹蛇〉也有很多類似之處。〈海幸彥與山幸彥〉的故事中，水邊的女人是豐玉姬，跟姊妹蛇一樣，主題都是與神明聯姻。

這個地區有很多嫁給蛇的傳說，版本琳琅滿目，有像上述這樣迎來不盡完美的大團圓結局，也有騙過蛇、搶回女兒的版本，當然還有更悲慘的下場等等。

之所以介紹這則故事，是因爲它最適合用來證明，與神祇聯姻一事其實就是活祭品的說法。

深受烈陽及饑荒所苦的村落獻上活祭品，最後換來天降甘霖、土地肥沃。

這些故事大概便是由信仰這類簡單的傳說所演變而來。

注　日本神話中的海洋怪物，又稱「八尋大鱷」。

祭祀

從前，伊予川有個勤奮工作的漁夫。有一天，漁夫路過河邊，看到一群小孩正在欺負一條小白蛇，漁夫救下那條小白蛇，帶回家後，白蛇突然開口說話：「只要你好好地餵養我，把我養胖的同時，你也會變成村子裡最有錢的人。」漁夫小心翼翼地對待那條白蛇，即使自己餓肚子，也要給白蛇東西吃。

白蛇長大後的某天，漁夫挖到了很多金幣，眞如白蛇所說，變成了有錢人。然而隨著歲月流逝，漁夫的後代出了一個貪心的當家。當家捨不得給白蛇東西吃，對白蛇的態度也十分怠慢。某天晚上，白蛇變成白龍，飛升上天，消失無蹤。這戶有錢人家又變回原本貧窮的漁夫。

後來村民建蓋寺廟，供奉白龍，稱其爲「八王子大人」或「七人童大人」。

該故事最有意思的部分在於「八王子」、「七人童」這兩個字眼。對怪談之類比較有研究的讀者，或許都聽過「七人御先」的故事。在基本上沒什麼殺傷力的日本怪異中，七人御先是唯一表現出危險性的怪異。「怪異」這兩個字眼也讓人直覺聯想到七人御先。

以下爲沒聽過的讀者介紹幾種七人御先的故事。

❶七人御先是吉良親實及其家臣的說法

位於高知市山端町的若一王子宮境內有座吉良神社，供奉著吉良親實。

親實是土佐的戰國大名長宗我部元親的外甥，同時也是他的養子，是很有力的一門分支。元親的長子信親戰死後，本來應該由三子津野親忠繼承家督，但是在元親的意向下，由四子盛親繼承。不僅如此，元親還要他娶長子信親的女兒。叔叔與姪女結婚，簡直亂倫至極，所以只要是有常識的人都不贊成，但又擔心惹惱元親，因此沒有家臣敢阻止。唯一提出諫言的是吉良左京進（注）親實本人，結果元親下令要他在自己家中自盡。

吉良神社的前方還保留著親實自刎後，為他清洗首級的手水缽。含恨而死的親實與

注　左京進（さきょうのじょう）爲日本戰國時的官位。

追隨他殉死的七名家臣——永吉飛驒守、宗安寺信西、勝賀野次郎兵衛、吉良彥太夫、城內大守坊、日和田與三衛門、小島甚四郎變成祟神（注），為長宗我部家帶來災禍。

在高知當地，至今仍視這個傳說為〈七人御先〉而廣為人知，每當發生重大事故，就會煞有其事地說「這是七人御先在作祟」。

❷七人御先是意外死者的說法

中國、四國地區稱土地神為「御先」，同樣地，也以此指稱死者的魂魄，其中主要是指死於海難的死者；而遇到御先、發生災禍的現象則為「行合」，人們避之唯恐不及。另外也有人視御先為祟神，以「被御先纏上」來形容上述的現象。還有人認為御先是沒有受到供奉的「迷路的死者」。

高知及福岡地區則認為御先是一種船幽靈，意指死於海上的人，靈魂變成御先，附在漁船上，船就會動不了。這種現象也稱為御先，而據說只要從船上往大海丟入煮飯後的灰燼，御先就會離開。

生人勿近的場所也稱為御先。此外，河邊或懸崖等容易發生意外之處也都稱為御先。

山口縣的御先則是指死於海上的大人物，其魂魄在海上浮游，所以會附在人身上。

一旦被御先附身，身體就會出現一處處浮腫，終至喪命。

另外，無論在哪個地方，都認為死者的魂魄會以七人一組展開行動，故稱其為「七人御先」。七人御先會引發名為「行逢」的不幸，七個人如果少了其中一人，遭遇「行逢」的人就會被抓交替，再度湊齊七人。

❸七人御先是蛇神的說法

也有人稱神明的動物使者為御先。

岡山地區有種與蛇有關、名叫「土瓶」的民間信仰。從土瓶的森林到隔著山谷的南方山脊，有個名叫「七人御先之森」的地方。據說那一帶每隔三十年就會出現被御先附身的死者。萬一被七人御先附身，將沒有方法除穢，也沒有方法封印。

相傳茅刈的御先大人祭祀的是蛇。乾旱時，當地會舉行名為「千羽瀧」的儀式。有人說蛇是水神的「御先」。苫田當地還會拜蛇以祈雨。此外，傳統的世家有很多白蛇傳說，也有人說土瓶的真面目就是白蛇。

注　祟神（祟り神）爲含怨恨而死、死後興起災禍而被奉爲神明的怨靈。

這三個故事微妙地互相呼應，但又整合不起來。

因爲故事的地域彼此接近，所以內容類似，然而又有著令人毛骨悚然又不適的違和感。

我只知道一點，那就是蛇與神界的連結十分緊密。

某個地方

[redacted]川的村落有個信仰十分虔誠的女孩，女孩的父母死於水患，不得不投靠親戚。

女孩很認眞工作，對親戚說的話言聽計從。但只要不管她的話，她就會站在[redacted]川的岸邊，雙眼發直地望著濁流。

因爲她三天兩頭往河邊跑，親戚家也爲她擔心，勸她「很危險，別再去了」、「就算妳一直盯著看，妳的爸媽也不會再回來了」，但她始終堅持「我是去祈禱」，怎麼講也講不聽。在親戚的勸說後，女孩反而帶著白色的貝殼頻頻前往河邊，再也不忌諱別人的眼光。

家裡人束手無策，請教式喰該如何是好，但式喰說女孩已經被[redacted]帶走了，他也無計可施。

家裡人無法接受，拜託式喰去看看女孩的狀況。

式喰偷偷跟著女孩，女孩加快腳步奔向[redacted]川。式喰拚命追趕，但還是追丟了。

式喰通知家裡人，親戚家派出十幾名家丁分頭尋找女孩的下落，有個家丁找到女孩的一隻草鞋，循著女孩的腳印前進，走到能將村落盡收眼底的懸崖邊。[redacted]川流經懸崖底下，傳來女人的笑聲。

望向聲音的來處，是那個女孩。除此之外還有幾個女人，所有人都一絲不掛。

式喰問她們在做什麼，女人們一起抬頭看過來，嫣然一笑，然後就憑空消失了。

所有人都慌了手腳，連忙往懸崖下移動到女人們消失的地方，但到處都找不到女孩和其他女人的蹤影。

從那天開始，式喰的眼睛就出了問題，慢慢地看不見了。

有天晚上，女孩出現在家人的夢境裡，一瞬也不瞬地看著他們。

家裡人出聲喚她，女孩笑得陰惻惻地，就要轉身離去時，家裡人求她能不能治好式喰的眼疾，女孩說她住在[redacted]淵，只要帶著月桂冠去找她，雙眼就能重獲光明。[redacted]淵正是式喰看見那群女人的地方。

隔天，家裡人帶著月桂冠，與式喰一起去女孩消失的地方，女孩果然一絲不掛地站在那裡。

親戚中血緣與女孩最近的人喊了她一聲，女孩回過頭來，告訴他們只要用[redacted]的井水洗眼睛就能痊癒。

家裡人求女孩回家，女孩依舊笑得陰惻惻地，重複説著「我是來祈禱的」，然後又憑空消失了。

村落的人打開[redacted]的井，照女孩説的用井水沖洗式喰的眼睛，不一會兒，式喰的雙眼便重獲光明。

家裡人洗心革面，將月桂冠交給女孩，開始向[redacted]祈禱。

從此以後，女孩再也沒回來過，也不再出現在家裡人的夢裡，但[redacted]川從此風平浪靜，女孩的家族也發家致富。

然而直到現在，在女人們群聚的懸崖底下，時不時還能聽見傳來以下的歌聲：

鉤住舌頭　繞一圈
綁著鼻子　繞兩圈
輾過下巴　繞三圈

據説聽到這首歌的人，爲了不讓女兒被[redacted]帶走，都會把女兒藏在家裡。

這個故事，是這次介紹的傳說裡離橘家最近的一個。

至於[redacted]，則是在岩室富士男的敘述中攻擊鈴木母女的東西——至此乾脆告訴大家好了——有種名叫「仲仕」的神祕存在，而且式喰也登場了。

乍看之下屬於〈姊妹蛇〉、〈嫁女兒〉的類型，而實際上如果以粗略的方式分類，這恐怕也跟「與神聯姻＝活祭品」屬於同一種故事，但是有幾個不可思議的點。

首先，最讓人覺得不對勁的地方在於，付出與得到的差異很大，因果關係也不甚明確。

以〈姊妹蛇〉爲例，「父親的貪婪害女兒變成蛇」＝「被選爲人柱獻給神明的活祭品，是不見容於村民的人家之女」的公式是成立的。

〈嫁女兒〉則是爲了拯救乾旱的村落，獻上自己的女兒，換來降雨。

然而在〈某個地方〉故事裡，這部分的善惡關係及因果報應卻纏成一團亂麻。不過以現代人的角度來看，倒也並非難以理解。

首先是「信仰虔誠的女孩」，沒頭沒腦地提到女孩注視著濁流祈禱，卻沒有說明她到底在祈禱什麼。女孩的家人死於洪水，本應不想再靠近傷心地才對，所以也能理解家裡人爲什麼要阻止她。

最奇妙的部分是家裡人看到判若兩人的女孩，卻「洗心革面」、「開始祈禱」這點。

整個故事聽下來，式喰雙眼失明應該是「仲仕」幹的好事沒錯，卻因爲女孩的一席話（恐怕是神明藉她之口說出來的）不藥而癒，所以感謝明明就是罪魁禍首的「仲仕」、放棄女孩，甚至還反過來祈禱這點實在很矛盾。將一切視爲「仲仕」的自導自演也不爲過，眾人不可能因此產生信仰之心。

而且問題乍看之下解決了，但如果聽到歌聲，他們又還是擔心女兒會被帶走。

完全無從判斷「仲仕」在他們眼中到底是神是魔。

日本的民間故事中，也有提到神魔乃一體兩面的概念，但是在同一個故事裡，立場跳來跳去實在很不自然。

除此之外，還有一些無法用如前述「投水的女人」這類故事來加以解釋之處。其他的民間故事裡，女兒與神明必定是一對一的關係，但這個故事裡有好幾個女人。這些女人大概都是過去獻給神明的活祭品，但又沒聽過這像這樣的傳聞。其他故事不是獻給神明的女孩當場消失，就是多少還是會擔心自己離開後家裡的狀況，但這個（這些）女孩卻笑得陰惻惻地，讓人感覺毛骨悚然。

還有月桂冠這項物品。月桂樹原產於地中海沿岸，與該故事非常衝突。我對歷史沒什麼研究，所以不敢保證一定正確，但總覺得很不符合這個故事的時代背景。

再來是陰陽怪氣的歌詞「繞一圈　繞兩圈　繞三圈」，都讓人不禁聯想到前述歌詠清姬傳說的童謠「安珍清姬　化身爲蛇　捲成七層　繞一圈」。

然而，就像姊妹蛇或清姬傳說那樣，歌謠皆與傳說有關（這也理所當然），但這首歌與傳說八竿子都打不著，所以感覺更加不對勁。只知道「仲仕」應該有著舌頭、鼻子、下巴。從清姬傳說爲根據的話，可以衍生出「……繞一圈」大概是指「蛇蜷盤繞模樣」的假設，但也僅止於假設。舌頭和下巴還能理解，但我實在想不出蛇鼻有什麼特徵能變成歌詞。

總之，這個故事夾雜了千奇百怪的要素，一致性不足，我不覺得有深入探討的價值。但畢竟是齋藤寄給我的，也有看到與橘家的共通點，所以我想還是先靜候專家的意見。

障

醫
師

「這個給你玩。」

身形高大、說是美男子也不為過，但感覺非常討人厭的男人對我說著。我看了一眼他遞來的東西，看起來圓圓重重的，有點像果實。

這是什麼？我想了一下，但什麼也想不到。

「這是比任何物品都美好的東西喔。」

要說美好，看起來確實很美好。充滿水分和光澤，即使還不知道到底是否為食物，仍然好想咬一口。光是看著，口腔就充滿唾液，口水都快流出來了。男人笑著說：

「還不能吃。」

什麼嘛。我在心裡臭罵。

「這個還沒熟。要慢慢積累，才能逐漸完成。」

既然如此，直接給我熟的不就好了，仲仕真是壞心眼。

「露出那種表情也沒用，無法一次完成太多。」

仲仕將圓圓的果實放入我手中。

「我會再來的。」

仲仕說道，轉身欲走，但又停下腳步，再叮嚀一句：

「小心地培養，別告訴任何人，一切都靠你了。」

雙眼睜開。我正躺在值班時慣用、稱不上乾淨的休息室床上，眼前是髒兮兮的象牙白天花板。

原來是一場夢。但也太眞實了。

夢境這種東西，通常是天馬行空、毫無邏輯又模糊不已。而不像是跟心儀的某某某約會、跟家人去遊樂園、跟明星一起上節目那種清楚明瞭的東西；實際做的夢，通常都是跟家人去遊樂園，家人各自穿上明星的玩偶裝，打著可以賺取高收入的工，結果被心儀的某某某逮捕……這種混亂的感覺。而且不知是什麼機制，一旦醒來，如果不馬上寫下來，就會忘記自己做了什麼夢。我寫過一段時間的夢日記，結果沒幾天就半途而廢。而且除了寫在日記上的夢，其他全部忘得一乾二淨。

然而，不知何故，我總覺得這場夢充滿了眞實感。有種想忘也忘不了的預感。

而且我在夢裡稱呼那個人爲「仲仕」。

仲仕大概是人類，而且是男人吧？當時我認爲對方是男性，但是回想那人的模樣，卻又無法確定了。只清楚記得那個人雌雄莫辨的長相。

小咪既不是男生也不是女生喔。

冷不防地，我突然想起鈴木茉莉的這句話。「小咪」就是仲仕。果然性別不明嗎……親自體驗過後，我總算理解這句話的意思了。

背脊一陣涼意。

我居然認爲夢境眞有其事。明明只是一場夢，我卻認定那就是「仲仕」。

頭好暈，我又躺回床上。

碰到了一個柔軟的物體。是個淺紅色的圓狀物。不可能。怎麼可能，這不是夢裡的果實嗎……

我會再來的。

仲仕是這麼說的。

＊＊＊

家裡對講機響起。我的身體不由自主地繃緊。不太妙。自從開始調查橘家的怪異後，我就對這種聲音很敏感。這樣一來，不就跟把怪異推給我、自己逃走的木村小姐一樣嗎。

我仍舊認爲那個故事是憑空捏造的。不能偏離這個準則。

我想認眞地面對怪談，但也不能自亂陣腳。不分青紅皀白就認定怪談是假的，這樣會很無趣，但如果認爲全都是事實也很幼稚。這中間的平衡很難拿捏。

我看了看監視器螢幕，有個身材矮小的男人，正低著頭站在門口。貌似不是送貨員。

回溯自己的記憶，交情好到會來家裡找我的男性中，並沒有個子這麼矮的人。

學生時代的我是高爾夫球社的社員，一年會有幾次以學長的身分請學弟妹們喝酒。不管在哪個時代，高爾夫球社都有很多社員，所以無法記住所有人的長相。我心想或許是其中的某個人，於是按下通話鍵。

「哪位？」

『好久不見了醫師。』

男人抬起頭來。

「水谷……」

那張臉無疑是水谷的長相——那個說要去隱匿基督徒的行刑地，從此就人間蒸發的學弟。問題是，我認識的水谷並非如此瘦小的男人。水谷喜歡超自然現象，個性卻十分活潑開朗，再加上高中有打棒球，肩膀應該也很寬，長得虎背熊腰才對。

不過，每個人都難免有自己的問題。我盡可能以學長的態度冷靜回答：

「好久不見了。你爸媽很擔心你啊。」

『我是來 向醫師 道謝 的上次眞的非 常感謝你。』

水谷的大眼睛上下左右忙著轉來轉去。在整個人跟以前完全不同的狀態下，那是唯一沒變的地方，卻反而讓人更覺噁心。他說話的方式也很詭異。

「道什麼謝？我又沒做什麼值得你道謝的事。」

『你說要我趕快把腳折斷帶走這對醫師來說或許沒什麼但是對我而言卻非常重要非常重要泰式烤肉鐵板鍋咕嘟咕嘟咕嘟咕嘟。』

泰式烤肉鐵板鍋是泰式烤肉用的烤盤。雖然水谷與父親處不好，卻習慣在語尾加上

「小丁做事小叮噹」這種無聊到極點的父親式諧音冷笑話。所以他應該就是水谷本人沒錯。雖說如此……

「水谷，你冷靜一點。我不記得我說過這種話。比起那個……」

水谷打斷我的話。

『不你 確實說 過你確實對 我說 過所以我 才能靠近 八月十三日 眞的非常謝謝你。』

「那就好。」

我不知道他在說什麼，但既然能達成目的，那就好了。水谷的臉上好像浮現出笑容。

「水谷，你跟家裡聯絡了嗎？」

『啊醫 師 我忘 了要 給 你禮物。』

水谷偷偷摸摸地掏出某個東西來。

「……算了，你先上來吧。」

我正打算按下開門鍵，ＰＨＳ手持電話卻不小心掉在地上。我蹲下去撿，再站起來的時候，水谷已經不在了。

莫非是見我遲遲不開門，於是氣得走人了？也太沒耐心了吧。

我連忙衝到樓下，打開大門。果然已經空無一人。應該還沒走遠吧。我追到馬路上。

還是沒人。從我家筆直延伸出去的馬路兩邊，都沒有任何人影。

「水谷？」

背後傳來物體滾動的聲音。

「什麼嘛，原來你躲在這裡啊。」

我邊說邊回頭。

不是水谷。

取而代之的是地上有一顆球。

是那顆果實。

＊＊＊

好久沒有回老家了。妹妹懶散地躺在沙發上。妹妹心地很善良，唯一的缺點就是太邋遢了，無論是工作或談戀愛都維持不久。只有愛撒嬌這點世界無敵，是我們全家如偶像般的存在，到現在還賴在家裡不搬出去。

「那家咖啡廳好像倒了。」

「妳沒頭沒腦地說什麼？」

「貓婆婆開的那家啊。還上過電視，你不記得啦？」

「哦，那家啊。那還眞不可思議，明明是家網美店。」

「我也受到貓婆婆許多照顧呢。」

「瞧妳說得一副很了不起的樣子。」

「因爲眞的發生過很多事嘛。畢竟我是個惹禍精。」

「原來妳也有自知之明。」

「當然有啊。我闖過好多禍。啊，幸好還沒有被警察逮捕過。」

「這還眞是奇蹟呢。」

「你這句話也說得太討人厭。不過倒也沒說錯，你知道媽媽還找過貓婆婆商量嗎。」

「哦，知道啊。我當時還以爲是什麼宗教，擔心死了。」

「不過確實很像宗教。」

「什麼？」

「貓婆婆是看得見、、、、的人。」

「少白痴了。」

「你才白痴！你還記得小馬嗎？」

「哦，妳以前那個跟蹤狂男友啊。我後來搬去東京就不清楚了，他怎樣了嗎？」

「你眞無情。我差點就沒命了耶。」

「什麼?!這我還眞的不知道。」

「因爲我沒說嘛。你那麼忙，我不想讓你擔心。」

「聽到妹妹快沒命了，再怎麼忙也要趕回來啊！」

「那還眞是謝謝你。言歸正傳，小馬不是很帥嗎？」

「嗯，雖然瘦得跟竹竿一樣，但要說帥是挺帥的。有點像韓國偶像。」

「長得帥，又有禮貌，所以大概誰也不會相信，他和我交往的時候會對我行使冷暴力吧。你還記得奈緒嗎？」

「喔喔，妳的兒時玩伴嘛。印象中是個個性很差的女生。」

「沒錯沒錯。起初他會幫我向奈緒討公道、蒐集前輩老頭性騷擾我的證據，還警告對方不准再騷擾我，所以我覺得他好有男子氣概啊！」

「嗯。」

「可是他變得愈來愈奇怪。」

「怎麼說？」

「當時我……在做ＩＧ網紅……雖然是沒什麼名氣那種……」

「哦，像是美女店員那種嗎，聽起來很有意思啊。」

「你是嘴巴不這麼賤就不會講話了嗎。算了，不跟你計較。總之，有不少人看了我的ＩＧ成爲我的粉絲，那些女生會來店裡買東西，還會送我小禮物。」

「可以想像他是不是叫妳別再玩ＩＧ了？」

「這也是部分原因……不過我也覺得差不多是時候收山了。可是啊，透過ＩＧ認識的女生還是會來找我。有一次，小馬突然來了，當著我們的面，竟然用剪刀剪破對方送給我的針織衫。」

「什麼？這也太誇張了。」

「那個女生當場就哭了，還說既然我這麼討厭她，她以後再也不來了……眞的好可憐。」

「所以妳就決定和小馬分手了。」

「並沒有。」

「沒有嗎？」

「我一開始還試圖忍耐，想說他是因爲太愛我了。」

「妳就是這點不好。」

「不用你說我也知道。不過類似的事發生過好幾次。店長要我辭職，最後我只好辭職了。」

「想也知道會變成這樣。」

「可是我喜歡工作，所以想去別家店上班……聽到我這麼說，小馬就向我求婚了。」

「哇嗚。」

「不過我當時其實很高興……大約就在我跟媽媽說了這件事的隔天吧，就收到貓婆婆寄來的宅急便。」

「哦。」

「裡面是一張畫著大叉叉的紙，還有兩張寶塚（注）的票。」

「這是什麼奇妙的組合。」

「打電話問貓婆婆，結果貓婆婆說：『我是憑感覺寄的。』天曉得她的感覺跟寶塚還有叉叉到底有什麼關係。」

「嗯，簡直莫名其妙。」

「我也不知道該怎麼辦才好，就約了小馬去看寶塚。」

「妳這傢伙……」

「聽我說嘛，結果小馬非常生氣。」

「為什麼？」

「『是誰告訴妳的？少瞧不起人了！』他破口大罵，而且動手打我。不但沒收我的手機，還把我關在浴室裡。」

注　即寶塚歌舞劇團，團員皆由未婚女性組成。

「太可怕了。」

「我不是還挺有運動細胞的嗎?雖然是在三樓,我還是從浴室窗戶跳了下去逃跑。後來的事我應該都告訴你了。」

「妳是說他變成跟蹤狂的事嗎,這個我知道。不過小馬怎麼會那麼生氣啊?」

「我最近終於知道原因了,小馬本來是女生。」

「什麼?!」

「貓婆婆是不是很厲害?」

「嗯,厲害到我頭皮發麻。」

「啊,你是不是有點相信了?」

「不不不,這只是巧合。」

「還眞是嘴硬啊。不跟你辯了。但這件事還有後續喔,變成跟蹤狂的小馬充滿行動力,還去爸爸的醫院鬧事。」

「眞的假的……」

「有段時間眞的鬧得很大,不僅在Google評論寫了很多無憑無據的中傷批評,還去發傳單,逼得我們不得不報警、拜託Google刪掉那些留言,簡直沒完沒了。」

「這種事妳要告訴我啊。」

「你人在東京又救不了近火。總之媽媽走投無路，又去找貓婆婆商量。」

「喔喔，原來是這樣。」

「結果呢，貓婆婆又隨便給我們一些憑感覺的建議。」

「什麼建議？」

「細節我也不清楚。總之，小馬消失了。」

「消失了？」

「眞的就是字面上的意思，消失了。所有的騷擾行爲都消失了，這一切終於到此爲止。我不禁覺得眞不可思議，而媽媽也說已經結束了，所以我就沒再多問。不過因爲還是有點在意，所以前陣子問了一個朋友。」

「嗯。」

「結果發現他眞的消失了。」

「什麼意思？」

「他都沒去上班，推特、ＩＧ和ＬＩＮＥ也都消失了。」

「哇……這讓人覺得是貓婆婆除掉了小馬啊。」

「我就是這個意思。我對此倒是感激不盡。畢竟令我傷透腦筋的煩惱來源終於消失了。」

「這倒也是。既然貓婆婆法力無邊，爲什麼她的咖啡廳會倒閉呢？」

「這我就……不知道了。」

「這就是所謂的算命師算不到自己的未來嗎。」

「你又開始瞧不起人了。你明明那麼喜歡妖怪和幽靈，怎麼會比誰還都不相信呢。」

「廢話，一旦相信就會怕得不敢聽啦，用常識想也知道。」

「眞的會被你氣死！」

家裡對講機響起。

我反射性地抖了一下。妹妹看在眼中，莞爾一笑。

「呵呵，你其實比誰都膽小呢。」

「少囉嗦，快去開門。」

「呵呵呵。」

妹妹露出不屑的笑容，走向玄關，不久後捧著一大箱幾乎遮住整個上半身的包裹回來。

「哇！好大一箱啊，快點放下。」

「嗯。這是貓婆婆寄來的。」

「妳又被奇怪的男人纏上啦。」

「不是啦！是寄給你的！」

「寄給我的？」

我用美工刀小心翼翼地拆開紙箱。我跟貓婆婆講過的話屈指可數，她到底寄了什麼東西給我。

貓婆婆是我母親那邊的遠房親戚，單身，靠股票還是期貨賺了很多錢，和一大群貓住在寬敞的大樓裡。從小時候她就對妹妹很溫柔，卻總是皺著眉頭瞪我，所以我一直以爲她大概是生理性地討厭我。那麼討厭我的貓婆婆，爲什麼要寄東西給我？

打開紙箱，箱子裡滿是氣泡紙，散發出甜甜的香味。這是……

「這不是蘋果嗎？不對，不是蘋果。比蘋果小，也沒有果蒂，是杏桃嗎？又有點像是臺灣的水蜜桃。」

妹妹充滿興趣地拿起來端詳。

「咦，還附了一封信，寫了什麼呢。」

「喂，別隨便亂看。」

「我瞧瞧……『**別知道**』。別知道？這什麼意思？」

＊
＊
＊

貓婆婆警告我「別知道」。確實，我現在處於對橘家怪異充滿好奇心的狀態。但齋藤晴彥還沒跟我聯絡，再怎麼想知道也無從得知。果然還是所謂的「感覺」嗎。

這麼說來，我向中山小姐提到水谷的事時，她氣得要死。對中山小姐而言，水谷的事也是一種「業障」吧。下落不明的學生回來了，明明應該很高興才對。

我想向水谷的老家確認一番，但學校已經開除了水谷的學籍，再加上水谷的父親是水谷診所的院長，要找上他也令我有點猶豫。

另一方面，糖尿病門診有個很有名的怪獸病人、人稱「小西」的患者來看診，這人提出非常不合理的要求，對我百般刁難，明明不是我的錯，部長卻要求我寫悔過書。後來我才知道，小西是院長的親戚。由此可見，有些事與其知道，還不如不知道得好。於是，我在心裡把這筆帳算在留下「別知道」這種語焉不詳警告的貓婆婆頭上。

下了擠滿人、充滿汗臭味的電車，我依舊感到呼吸困難。新聞才說流行性感冒大流行，車站前仍人潮洶湧，摩肩接踵。我覺得好煩躁，選了一條回家路上可以盡可能不要遇到任何人的路走。

邊走邊想到，不同於身體尚未完全復元、還被逼著寫悔過書的我，水谷就快要達成他的目標了，眞令人羨慕啊。

話說回來，靠近八月十三日是什麼意思？我連八月十三日是什麼日子都不知道。

「是晚了一個月的迎魂火（注）喔。」

我嚇得差點尿失禁。有人突然從我背後出聲。聲音裡摻雜著輕蔑的語氣。我回頭一看，是水谷。水谷站在我背後，比我矮了一大截。

「可是Sugitech Office有限公司已經過頭了。」

水谷並沒有要靠近我的意思。不僅如此，他的目光也不在我身上。似乎在跟我說話，視線卻朝向斜前方。

我再次深刻地感受到，水谷的身高眞的縮水了。

雖然縮水，但也不是縮成小朋友那般可愛，而是像從身上截去了一部分的手腳。光線太暗看不清楚，但他的臉色似乎也不太好看。

究竟是生了什麼病——不，或許是某種疾病以外的原因，我很想知道他怎麼會變成這樣，但又不敢問。

我好想揍自己一拳，沒事幹嘛選這條人煙稀少的路。周圍沒有其他行人的事實突然令我不安起來。

「你覺得爲什麼會走過頭呢？」

水谷用力地抓住我的手臂，我沒出息地發出「啊！」的一聲尖叫。水谷不知何時已經繞到我的正前方。

我從沒想過視線對不上是如此詭異的事。

「到底是爲什麼呢少年隊。」

水谷直勾勾地盯著我的臉，從仰頭的幅度看來，那脖子幾乎要斷掉了。他的眼睛就像洞穴一般漆黑。我下意識地推開他，水谷卻意外乾脆地放開了我。他就這樣站在原地，看似打算要等到我回答。

見他似乎沒有要做什麼事，我鬆了一口氣。對方是比我矮三十公分的男人，怕成這樣眞是太丟臉了。

注　日本人會在盂蘭盆節點燃指引祖先靈魂回家的迎魂火。盂蘭盆節原本是農曆的七月十三日，明治時代更改曆法後，很多地區都改在八月十三日進行。

「找個地方坐下來聊聊吧，水谷。」

話還沒說完，我就後悔了。因爲不管去哪裡，我都不覺得可以跟現在的水谷好好說話。

我想起以前看過朱雀門出（注）的電子小說。內容描寫從前的舊識來找作者，舊識已經完全變了模樣，還提到神獸什麼的，講了一堆陰陽怪氣的話，最後——

這不就跟我現在的情況一模一樣嗎？

即使是創作出來的故事，完成度很高的作品也會讓人覺得「好像會發生在自己身上」，所以我不喜歡。

所以我現在可以推說自己「想起還有別的事」掉頭就走嗎？

但轉念又想，如果不跟他把話說清楚，他可能會一路尾隨我回家。既然如此，找家有人在的居酒屋還比較好一點。

我循著來時路回到車站的方向，指著掛有寫上「一寸一杯，隨意小酌」大燈籠的居酒屋。

「這裡可以嗎？」

「可以啊。」

水谷順從地走進店裡。

「歡迎光臨，一位嗎？」

聽見精氣神俱足的男性店員招呼聲，我心裡一凜。

「兩位。」

水谷以詭異的音調說道，店員猛地跌了個狗吃屎，桌上的餐巾紙掉滿一地。店員是個體型如橄欖球員般壯碩的彪形大漢，所以大概才會沒看到水谷吧。儘管如此，他的反應也太大了。我將自己方才的失態放置一旁。有人比我還驚訝的話，反而能讓我莫名地冷靜下來。

我們被帶到幾乎沒有其他客人的座位區。這樣一來，刻意選擇人比較多的店就沒有意義了。

另一位女性店員笑容可掬地端來冰水和點餐的平板。我說了一聲「謝謝」，接過水杯。

「請給 我還沒變成 血的水。」

注　一九六七年～。日本怪談小說家。

店員看著水谷，發出震耳欲聾的尖叫聲。水谷面無表情地接著說：

「即使海變成血，河川流進海裡，這個水也不會變成血。」

女性店員幾乎要崩潰大哭地猛搖頭。

「原來是這麼回事啊。」

水谷一臉心領神會地點點頭。

「對不起。」

我插進來向店員道歉，店員逃命似地回到廚房。

——O Haupt voll Blut und Wunden,
Voll Schmerz und voller Hohn,
O Haupt, zum Spott gebunden
Mit einer Dornenkron——

居酒屋裡播放著格格不入的英文歌。我以前上過教會學校，所以這首歌是我很熟悉的〈至聖之首受創傷〉讚美詩（注1）。做禮拜的時候聽到會覺得很莊嚴，但是在這個情況下聽到，不止十分怪誕，甚至非常詭異。

「八月十三日十三日爲什麼過去了呢。」

「呃，你這樣說，我也沒辦法……時間一旦過去就是過去了。」

「明明很順利卻又不行了你不是說過沒問題嗎。」

他的語氣充滿攻擊性。眼神依舊渙散失焦，卻似乎隱含些許怒氣。

「我很同情你，但不順利也不能怪我啊。」

「果然醫師是不乖乖照著步驟來的話就不行的團塊世代（注2）。」

水谷說道，這次又換成大失所望的表情，低下頭去。我有些於心不忍，隨口順著他的話說下去。

「因爲凡事都有順序嘛。」

「對呀，明明又沒有下冰雹，突然、突然蝗蟲就來了。這樣不好。」

「你在說什麼？」

注1　日文翻譯爲〈血潮したたる〉，直翻意思是渾身浴血，該讚美詩描述耶穌頭戴荊棘冠冕、受苦憂痛的景象。

注2　指日本戰後一九四六～一九五四年出生的人，被視爲日本經濟騰飛的主力。

「蝮蛇啦。弒親本來應該先弒子順序整個亂了套了。」

「聽起來好可怕啊。」

水谷吃吃竊笑，不曉得在笑什麼。我想換個話題——或許根本沒有差別，但我提出最想知道的問題：

「所以呢？那個是叫『人十塚』來著嗎？你寫在報告裡給我看的那個。」

水谷「咚！」地一拳搥在桌上。水被震得灑了出來。我擔心是不是激怒他了，連忙觀察他的反應，只見他臉上還掛著笑容。

「起初啊被踐踏了。不過這也是理所當然的事。所以後來改在蘆葦的簾子上傳教。當然風吹不停，吹破眾人的皮膚，還下起雪來。儘管如此，眾人仍不放棄。這也難怪。夜裡上百人睡在三坪的房間裡，互相壓死了。聽說七個父親都被母親壓死了。一塊芋頭十個人分。到了早上，又成了冰天雪地的煉獄。只要雪不融化，眾人就不放棄。一郎太次郎太三郎太疊在一起，拚命忍耐。相信只要等上七世，就能等到神父出現。一人兩人三人減少了，四人五人六人七人……」

水谷開始扳著手指數數。好詭異，我完全聽不懂他在說什麼。他很不正常。

而且表情也很奇怪。水谷的長相還算端正，五官看起來並沒什麼變化——但總覺得莫名扭曲。近看的話，這種的扭曲好像會傳染到我自己身上，讓人有難以形容的恐懼。隔著對講機看他時，就覺得他很不正常了，為何我還要與他這樣面對面坐著呢。剛才點的生啤酒、海鮮沙拉和炸甜不辣都還沒送來。

我想回家，我已經受夠面對不正常的人了。

正打算起身離去，可是不曉得爲什麼，我的視線無法從水谷身上移開。

——O Haupt voll Blut und Wunden,

Voll Schmerz und voller Hohn,

O Haupt, zum Spott gebunden

Mit einer Dornenkron——

〈至聖之首受創傷〉播完了，又從頭播一遍。這一切都太奇怪了。到底是從水谷踏進這家店，這家店才變得奇怪，還是這家店原本就很奇怪？又或者奇怪的其實是我自己？

「四十五四十六四十七——」

水谷即將數完「四十八」時，我的身體突然能動了。我立刻站起來，走向收銀檯。

收銀檯裡沒人。我死命地按鈴。整個過程都盯著水谷不放。

剛才水谷無聲無息地站在我背後。來我家找我的時候也是。或許他總在自己喜歡的時候，出現在自己喜歡的地方。我知道自己被困在異常的思緒裡，從剛才一直播放的〈至聖之首受創傷〉也剝奪了我的思考能力。我想回家。我想逃走。我想回家。我想逃走。

無法思考其他的事。

水谷還坐在原地，望著杯底剩下的水，似乎沒有要追上來。

「非常抱歉！」

剛才那位橄欖球員般的店員形色匆匆地朝我走來。

「給你，不夠的話再來醫院請款。」

我把萬圓大鈔和至今一次都沒用過、只印來留作紀念的名片摔在收銀檯上。

「百年縮短爲刹那，即使被釘上十字架也在所不惜。」

不知是哪個女人朝我背後喃喃低語。

店裡響起幾乎要掀翻屋頂的哄堂大笑。大家都在笑。只有我沒笑。

我背對著歡呼聲，頭也不回地離去。

＊＊＊

「你聽說過『五島事件』嗎？又稱『大村的檢舉事件』或『浦上檢舉事件』。」

這是齋藤開口的第一句話。

「不甚了解，只記得是大規模檢舉隱匿基督徒的事件。」

聽到我的回答，齋藤深深頷首。

「無庸置疑，對基督徒而言，目前的長崎周邊是最有名的麥加。啊，這句話說得並不恰當，不該用麥加形容基督教的聖地(注)。」

「請接著說下去。」

齋藤講話經常東拉西扯，話題跳來跳去，所以要經常幫他踩剎車。他眨著與年齡不符、宛若少年般的雙眼接著說：

「總而言之，這種地方遍布於全國各地喔。那裡也是。」

注　麥加是伊斯蘭教的聖地。

齋藤攤開地圖。

「這一帶是舊松山藩與舊大洲藩的交界，基督徒潛藏在此的可能性非常大。尤其有很多受到壓迫、從大阪或京都逃過來的信徒。因此這一帶分布著聖母觀音像、切支丹(注)燈籠和切支丹塚這類隱匿基督徒的遺跡。」

「等一下，你沒頭沒腦地在講什麼？這跟你上次寄給我的民間故事一點關係也沒有。」

「不，大有關係，而且是非常緊密的關係。」

齋藤粗魯地指著地圖，示意要我閉嘴。

「這裡稱為『人十點』。」

我感到心跳加速。水谷身形矮小、目光陰鬱的表情猛地閃過腦海中。這應該不是偶然。

「那是基督徒的……」

「沒錯。因村民告密而被捕的四十八名基督徒，在河邊被劊子手斬首，有人心生憐憫，好心將他們的身體集中在一個地方埋葬立塚，種植赤竹，稱為人十赤竹。那個河邊後來變成農田，改稱人十田。大概是顧慮到官差的面子，墓碑只以『四十八人』統稱，姑隱其名。我認為人十的『十』其實就是十字架的意思。」

這感覺太可怕了。

簡直就像把一部電影切成一幕幕各自獨立的畫面，在完全分散的時間給我看。

『可是，可是啊老師，我只是希望老師能留意到，這是一個完整的故事。』

腦海中迴盪著我根本沒聽過的由美子聲音。難不成我就是這部電影的主角嗎。

「喂，你在聽嗎？」

我回過神來，猛一抬頭，齋藤遠比實際年齡青春有光澤的額頭蹙出了皺紋。

「抱歉，我有點頭暈。」

「我能理解。確實令人頭暈目眩呢。」

齋藤微笑說道。

「會讓人想問為什麼故事要建立在基督教的規則上吧。」

「等一下，你又在說什麼？」

「咦？」

齋藤又重複了一次「這一切大有關係」。

注

切支丹是日本戰國至明治初期對基督徒的蔑稱。

有一派「日猶同祖論」的理論。

這派理論認爲，日本人的祖先是兩千七百年前遭亞述人驅逐的「以色列失落十支派」之一。

以色列失落的十個氏族，是指除了猶太民族以外的流便、西緬、但、拿弗他利、迦得、亞設、以薩迦、西布倫、以法蓮、瑪拿西族。

有一派說法是，第九族以法蓮、第五族迦得，以及第七族的以薩迦中有一些人移居到日本。

提倡日猶同祖論的人所出示的證據主要有以下三點：

①神道教與猶太教的雷同之處

②片假名與希伯來文的雷同之處

③大和語言與希伯來語的雷同之處

根據目前的遺傳學調查結果顯示，現代日本人與現代猶太人的基因組成天差地別，日猶同祖論現階段是遭否定的。因此現在通常以日猶「文化」同祖論的說法來解釋。

總之細節太冗長了，予以省略。不過確實，猶太教與神道教從儀式到精神上的象徵有很多相似處，如今使用的日語中也有很多類似希伯來語的字眼。

至於爲何有如此多的相似之處，必須追溯到古代。相傳遠古以前，有多達十萬人（這個數字眾說紛紜）從大陸渡海而來，歸化日本。其中一部分遷至大和的葛城，主要居住在山城；而到了雄略天皇（五世紀中葉）時，則據說定居於京都的太秦，那些人被稱爲「秦氏」。「太秦」這個地名自然是由秦氏而來，也有一說是「udu masa（注）」是亞蘭語裡的「Ish Mashiach」，而 Ish Mashiach 則是用來代表耶穌基督的文字。

秦氏是非常有權有勢的一族，平安京（西元七九四年）說是仰賴秦氏的勢力方能建成也不爲過。就連仁德天皇陵那如此巨大的古墳建築，也是來自秦氏的捐贈。

除此之外，秦氏還擁有養蠶技術及西方的知識，受到天皇的保護，效忠天皇，靠絲綢事業（機織）發家致富，成爲豪門望族。他們信仰景教（基督教的奈斯托里教派），說亞蘭語，而亞蘭語是亞述之後的中東共通語言。換句話說，神道教是由勢力足以影響當時天皇家的這一族人，以其帶來日本的景教爲基礎而建立起來的宗教。

「你看了我寄給你關於『式喰』的故事後有什麼看法？」

注　太秦的日文發音「うず・まさ」。

「能有什麼看法，只覺得不太像是民間故事，與日本特有的鋪陳有所出入。」

齋藤問我，我一五一十地說出內心的想法。齋藤滿意地點點頭。

「沒錯。我認爲那些故事都來自於基督教世界的故事。」

「何以見得？」

「惡魔啊。」

彷彿有一隻冰涼的手撫過了我的背後，不舒服的感覺襲上來。我想起縮水的水谷，還有他游移飄忽的視線。

「我寄了一堆蛇的故事給你，也是因爲『仲仕』。」

齋藤在紙上寫字。

——נָחָשׁ。

「日文讀成Nakashu或Nahashu，是希伯來語『蛇』的意思。也是出現在舊約聖經的失樂園裡，誘惑夏娃，給她智慧果實的那條蛇。大概是傳入日本後，名稱才變爲『仲仕』（注）。」

「爲什麼是在松山？」

「所以才有趣不是嗎！」

齋藤雙眼閃閃發光地叫嚷。

「這個故事支離破碎，從信仰體系到詛咒、祀神全都亂七八糟地攪和在一團，唯有關鍵的特定橋段十分完整。明明全都是杜撰，卻又有著待考察的空間。這實在太有趣了。」

「我可不覺得有趣……」

說到一半，我突然噤口不語，險些脫口而出「我其實很困擾啊」。問題是我到底有什麼好困擾的。這故事只不過是從木村小姐創作的漫畫爲契機，進而蒐集到一些類似的怪談。

「這只是創作喔。不必那麼認眞地思考。」

我向齋藤提出了對立的看法。

「不，倒也不全是創作。」

「怎麼說？」

「多明尼克．普萊斯啊。」

電腦螢幕中有個胖胖的白人男性照片。我輪流打量螢幕中的男性與有著典型日本人偏瘦體型的齋藤。雖然體格及人種都不同，但不知爲何又有幾分相似。人一旦擁有相同

注 「仲仕」日文爲「なかし」（nakashi）。

興趣，大概也會有著超越種族的共同點吧。

「我與他是舊識，也認識他的夫人。我可以證明這個故事並非創作喔。」

「我也久仰多明尼克先生的大名。但那只是單純的報導，無法判辨眞僞吧？而且他眞正的死因好像是車禍，所以……」

說到這裡，我倒抽了一口氣。

「嗯嗯，你終於也發現啦。沒錯，這樣一來就無法解釋了對吧。與那個人寄給你的報導剛好出現相同人物，這種事通常不太可能發生吧。」

「不，關於這點……是齋藤老師聯絡他後，酒井先生才寄那種創作給我吧。」

「咦？什麼創作？」

「就是鈴木母女的體驗，以及關於此事的聽打逐字稿啊。」

「不，我沒有拜託酒井先生寄資料給你，我想那不是創作。」

這到底是怎麼一回事？他的意思是說，這一切都是眞的嗎？在那樣的時間點，出現了許多眞實存在的人物。若不是創作，那就是非常惡劣的騷擾了。我實在不想承認這是眞的。也絕不能承認。

一旦承認，這個故事的主人翁……

「可那是窗戶！窗戶！不是嗎？」

我拚命舉出並非眞有其事的理由。

「窗戶！窗戶！」是大名鼎鼎的洛夫克萊夫特，其描寫邪惡諸神——也可以稱爲邪神——的克魯蘇神話中的短篇小說〈達貢〉裡，主角找到邪神步步進逼的使者時，最後留下類似臨終遺言的台詞。

這該說是恐怖小說的特定橋段嗎，這句話充滿了形式之美，如同我在考察時寫的那樣，在性命垂危的狀況下仍不願放下筆或繼續獨白，這類乃違背人性的行爲，或是由其他人來描寫應該已經命喪九泉的人物——這種邏輯上的漏洞。

「我就是這裡想不通。最後用『滋』塞滿篇幅的手法也是，在沉浸於故事中的狀態下閱讀會感到很有趣，但是以手法來說，未免過於幼稚。」

「也就是說……」

「不，即便如此，這也不是創作喔。」

齋藤平靜的語氣有如強酸侵蝕我的耳膜。

「鈴木母女——正確地說是茉莉下落不明，然而卻出現了死亡報導。」

那是去年的報導了。

回過神來，我人在教室裡。律名小學五年三班。馬上就要開朝會了。

老師走進教室。她長得很漂亮，我卻怎麼也記不住她的名字。班長一聲令下，大家都回到座位上。

「今天想跟大家討論一件事。」

平常的朝會都是從晨間祈禱開始，老師今天卻這麼說。難道是老師發現有人欺負同學。或許因為我們是教會學校，老師不會直接生氣，而是以討論的方式解決問題。

我們原本就都是好人家出身的小孩，所以基本上這樣能解決大部分的問題。

老師嘆了一口氣，以半是傻眼、半是無奈的語氣說：

「你們覺得選誰當下一個活祭品比較好？」

「高山」「小吉」「神田川同學」「小滿」「太陽」「笹本」「五木」

同學們爭先恐後地舉手，一口一聲地列出備選的名字。

「哎呀，這樣無法決定呢。」

老師把坐在最前面的坂田的頭按在桌子上說道。坂田發出「嗚……」的呻吟聲。

「那再問一個問題。」

坂田沒有呼吸了。

「如果要再獻出一個活祭品，獻給誰比較好呢？」

這次沒有人發言了。教室裡變得靜悄悄，連一根針掉在地上的聲音都聽得見。我抬起頭來，笹本正看著我，臉上充滿責難的表情。坐在旁邊的山本也露出相同表情，緊盯著我的雙眼。

看樣子不能不回答了。心臟跳得好快。為什麼？為什麼？我又低下頭去時——

「獻給誰比較好呢？」

老師抓住我的頭，把我的頭拉起來。

「誰？」

語氣還是那麼溫柔。

「神明。」

我回答。

教室裡爆出哄堂大笑。並不是被我逗笑。而是在嘲笑我。

「不認真回答必須要拔掉喔。」

嘲笑聲戛然而止。

老師在我耳邊說道：

「我會再來的。」

＊　＊　＊

我滿身大汗地醒來。我把緊抓在左手掌心裡、如排球大的果實放在地板上。

這次是學校。律名小學。我實際上過這所位於三重縣的小學。教室與教室裡的同學都跟當時一模一樣。異樣的只有老師。也就是說，她是仲仕。

我重新思考蒐集到的這些故事有何類似之處。如果這一連串的故事皆爲創作就說得通了。人終究是要先有輸入才能輸出的生物，所以我只是無意識地把不知在哪聽過的名字和故事，在自己的記憶裡重組、創作。

然而唯一無法解釋的，是這個一天比一天大的果實。

仲仕」來了。還會再來。

我看完齋藤提供的鈴木母女死亡報導後，突然覺得很不舒服，於是提早告辭。我很害怕原本漫不經心的不安感正在具體成形。齋藤說「這一切都是眞的，眞實存在」，但我怎麼也不相信。

然而經過一晚後，好奇心湧了上來。不，倒也不是好奇心，而是某種類似使命感的東西，告訴我必須見證到最後。

既然把一部電影切成一幕幕各自獨立的畫面，在完全分散的時間給我看，我自然想掌握全貌。即使主角就是我也不例外。

我和齋藤約好改天再聊，離開前雖然覺得愚不可及，但還是把我做的夢、貓婆婆的警告，以及做白日夢時看到的「蛇老原女士」、突然出現在眼前的果實、斷手的波娜琳娃娃……全都鉅細靡遺地告訴了他。

我打斷急著想開始解說的齋藤，請他改天再繼續。對齋藤而言，這或許是別人的事，但我需要心理準備。

對我來說，最重要的當然還是工作。要是因爲在意怪談而無心工作就搞笑了。我的手腳都還健在。雖說會被拔掉，但至少目前還在。

站在齋藤的角度，「超自然現象」是他最在乎的事，所以也不能怪他，但我還是有點不太開心。齋藤臨走前說了這句話：

「雖說手腳都還在，但也不能掉以輕心，畢竟對手是蛇。要注意頭上喔，蛇不只是會在地上爬的生物，也會爬樹。」

中山小姐依舊躲著我。既然她都說她不想再聽到此事，我自然也不會提起，但她只要與我對上眼，就會立刻受驚似地縮著身體、小跑步地走開。

沒必要怕成這樣吧。再這樣下去會對工作造成影響。

起初明明是她興致勃勃地告訴我，有個貌似由美子的患者。

對了，由美子。如果由美子的話是眞的，災厄只會降臨在繼續調查這件事的我身上（我雖不想承認，但確實發生了），中山小姐根本沒必要怕成這樣不是嗎？

「哦，她是想遵守法則。」

背後傳來男人的聲音。

我差點大聲尖叫，但實際逸出口的只有難爲情的倒抽聲。

是水谷。

「沒有法則，但是有順序。」

他說的話還是前言不搭後語，但我竟然覺得意思是通的。明知只會牛頭不對馬嘴，我仍問水谷：

「那麼請告訴我順序。」

「我憑什麼要告訴你。」

水谷憤慨地說，沉默下來。

「拜託你。」

我沒出息地求他。

「這裡專門弒親吧，你這個專門弒親的醫師。」

「你在胡說八道什麼──」

回過頭，水谷的身影已經不見。他又繞到了我的背後。

「錯過八月十三日的原因是『既非醫師也非人』，你還好意思說。」

「水谷，你給我差不多一點，我是認眞地在請教你。」

我伸手抓住水谷的肩膀，萬般不情願地緊緊抓住，用力搖晃。也許是因爲他變得太小隻了，顯得完全不是我的對手。

「你看那個就好了，非常好的漩渦喔。」

我揚起視線，望向水谷指的方向。剛才明明已經跑走的中山小姐，正佇立在走廊上。以沒有感情、失去焦點的眼神看著我。

——鉤住舌頭　繞一圈

有人在唱歌。但不是中山小姐的聲音，也不是水谷，當然更不是我的聲音。臉上明明面無表情，中山小姐的身體卻很開心地左搖右晃，配合曲子跳舞。

——綁著鼻子　繞兩圈

水谷笑得樂不可支。不止是水谷，中山小姐的舞姿贏得滿堂采。一大群的男男女女紛紛拍手叫好。如雷貫耳的掌聲喝采中，中山小姐的動作變得更激烈了。將四肢運用到淋漓盡致。

不對，這不是舞蹈。這儼然像只靠一條線續命、在暴風雨中瘋狂飄搖的風箏。

——輾過下巴　繞三圈

身體正以快得令我眼花撩亂的速度旋轉。右腳往反方向扭轉，腰部扭了一百八十度，左腳抬到頭的位置。再這樣下去，四肢可能會扯斷。

歡呼聲不絕於耳。拍手的節奏加快。除了我以外的人都在樂見其成。

——投入無底深淵　鎖起來　水井底下　經過七代　頭上腳下　頭上腳下

「住口!!」

我終於忍不住大聲怒吼，但已經太遲了。

我閉上雙眼，不敢看中山小姐四肢脫離身體的瞬間。

然而，過了好久都沒有聽到任何聲音。也沒再聽見歌聲。

直到剛才都還感受到的水谷氣息也消失了。

滴答。有液體滴到額頭上，散發出阿摩尼亞的臭味。

我戰戰兢兢地睜開眼睛。

最先映入眼簾的是穿著護理師鞋、左右搖盪的腳。

中山小姐上吊了。

知

某個不倒翁的始末

一

「那麼，要從哪裡說起呢。」

齋藤坐在研究室的沙發上，深深嘆了一口氣。

「不對，這時應該先說『請節哀順變』吧？」

我慢條斯理地搖頭。

「中山小姐又還沒死。」

沒錯。中山小姐勉強撿回一條命。不是我放她下來的，而是她在那之後解除了「上吊的狀態」。話說回來，我連她是怎麼吊上去的都不知道，她就突然「咚！」地一聲掉下來了。

我茫然地呆在當場，立刻通知其他人來爲她進行急救。

「眞了不起啊。」

齋藤微笑說道。他的語氣令人不太愉快，但這是他的眞心話。我也對自己在那種情況下，還能救回中山小姐一條命的冷靜程度感到有些自豪，不置可否地點點頭。

「言歸正傳，那個……」

「因爲你是當事人嘛，我想讓你選擇，只可惜……沒有時間了。」

「嗯，齋藤老師還要教課也很忙，每次都讓你百忙中抽出時間給我，實在很不好意思。」

「別這麼說，我其實也樂在其中，所以別顧慮我。眼下要解決的是你快火燒眉毛的危機。我所謂的時間，是指你剩下的時間。大概……已經……不管什麼時候會變成怎樣……都不奇怪了。」

齋藤又深深嘆了一口氣。

「那個人叫水谷嗎？他說過『沒有法則，但是有順序』，對吧？」

「對。」

「這可是很嚴重的問題喔。如果是有法則的怪異，例如『惡魔執著數字3』那就好辦多了——而順著截至目前的發展來判斷，應該是『不准看的禁忌』。就像明明交代絕不能看，卻仍忍不住偷看，結果看到大蛇原形的旅館老闆那樣。如果是這個例子，只要別看、別打破法則就行了。但這次情況不同。沒有法則，但是有順序。也就是說，從這邊無法干涉那邊。」

「什麼意思？」

「完全是隨機看對方的心情，要犧牲誰就犧牲誰。」

——你們覺得選誰當下一個活祭品比較好？

我想起在夢裡聽過的話。

——如果要再獻出一個活祭品，獻給誰比較好呢？

兩個問題我都無法正確回答。

「嗯，我們現在大概想著同一件事吧，這與你做的夢也不謀而合呢。」

我無言頷首。今天天氣並不熱，我卻汗如雨下，還有幾滴汗水流進眼裡，刺痛得要命。

「這樣不就只能坐以待斃了嗎。」

我喃喃自語。

沒有回答。過了好一會兒後——

「不，知道與不知道差很多。倒也並非完全無計可施。」

齋藤的安慰有說等於沒說。

他這個人對幽微的情緒向來很遲鈍，一想到這是他好不容易才擠出來的安慰，我覺得拿他出氣根本是找錯了對象。

「那麼，願聞其詳。首先是你上次提到的基督教惡魔。怪異的眞面目其實是惡魔嗎？」

「呃，醜話先說在前頭，這只是我個人的想法——」

或許是從我的表情判斷不需要這些開場白，齋藤直接進入正題。

二

橘家的源頭是蛇蠱，亦即具有憑依的血統。這個前提應該沒錯。患者的病歷裡出現的大壺，大概是用來養蛇蠱的壺也沒錯。

大家對這類人的感情比起厭惡，更多的是畏怖。

一般而言——可以這樣說嗎——世人熟知的憑依血統，光是加入一般群體，就會被避之唯恐不及。所以這種人不僅很難找到結婚對象，光是住在那裡就會受到當地居民避忌，因此，被認定具有憑依血統的家族據說都會受到歧視。

也不能怪大家對他們的印象不好，例如我猜你應該也知道的犬神，是把狗活埋，只露出頭部，或者是綁在柱子上，再把食物放在狗的面前，在狗快要餓死之際砍下狗頭，狗頭便會撲向食物；接著，把狗頭燒成灰，把灰裝進容器裡祭拜。也有做法是把砍下來的狗頭埋在十字路口，讓人潮在上方走來走去。這是從平安時代就有的迷信，手法十分殘酷。不僅如此，具有犬神憑依血統的人經常會像狗一般狂吠暴走，所以更討人厭。當然，這種歧視是爲了避免精神狀況有問題的患者本人及其家人加入一般群體，而在缺少醫療知識的時代下，這是一種自然摸索出來的「智慧」，只可惜直到現代仍是時有所聞。當然不值得稱許就是了——抱歉，話扯遠了。

不同於這種遭到避忌、嫌棄、歧視的憑依家族，某些地方也有所謂的咒術師——西方稱之爲巫醫——可以代爲咒殺看不順眼的人，利用附身的魔物來賺錢的家族。

例如土瓶神。土瓶神跟我上次寄給你的土瓶信仰是同一種東西。到大正時代初期爲止，如果跟把蛇當心肝寶貝養的人家產生爭執，可能會被一大群蛇圍攻、被蛇神附身，所以大家都很怕那些家族。根據《西條誌》（伊予西條藩主松平賴學，下令儒學家日野和煦編纂的地誌）的解釋，「頓病」是突然生病的意思，萬一被具有蛇神憑依血統的人詛咒，被詛咒的人家裡會受到七十五條蛇攻擊，頓時就生病了，也就是所謂的頓病。大概是經過時代的演變，以訛傳訛就變成了土瓶（注）。雖說都是憑依血統，但是比起犬神，橘家更接近土瓶信仰。

由此可知，他們以前的職業恐怕是咒術師。

問題是，明明是蛇作祟，爲什麼會生出那麼複雜的詛咒呢。

注　「頓病」和「土瓶」的日文發音相似。

因爲他們信仰的並不是蛇，而是與蛇相似的另一種東西。

惡魔。沒錯，就是惡魔。

蛇在西方經常被用來作爲惡魔的象徵。

《舊約聖經》裡，慫恿夏娃偷嘗禁果的罪魁禍首就是蛇，《以斯拉記》、《約伯記》和《啓示錄》中都出現名叫「利維坦」的大蛇，而也有人稱撒旦爲蛇。以上這些都是惡魔。你不覺得很瘋狂嗎？

稍微跟你說明一下紮根在日本的基督教吧。對，秦氏。那些秦氏幾乎都住在太秦，也有一部分離散到四國地區。那一帶不是有很多取名爲「八幡」的地方嗎？這個地名的由來就是「秦氏」。沒錯，全國各地那些名叫什麼什麼八幡的地方，現在的日文發音雖然都是「hachiman」，但本來其實都讀作「yahata」(注)。全都是與秦氏淵源特別深厚的八幡神，也就是供奉應神天皇的神社。

再來是你寄給我的漫畫家親身經歷。裡頭提到了學生社團的部落格有關於「姬達磨」的記述。

早在西元四世紀時，神功皇后征戰沙場的途中，在道後溫泉待了一陣子，在那裡懷了應神天皇，但仍穿上鎧甲，英姿颯爽地與敵人奮戰，經歷許多磨難仍勇往直前，最後終於完成了艱鉅的任務。美麗又勇敢的皇后在筑前之國產下應神天皇。為了紀念應神天皇剛被生下來、裹在大紅色的純棉襁褓中楚楚可憐的模樣，以追憶的方式為他製作黑髮如瀑、美麗又優雅的姬達磨。

這個玩具代表虔誠的信仰，放在小孩子身邊，小孩子就能健健康康地長大；放在病人身邊，病人就能早日康復。為了讓人們的心情平靜下來，這份心意造就出許多優美的不倒翁，成為今日那些優雅的姬達磨。於是，從神功皇后在道後懷上應神天皇的傳說中，鄉土玩具「姬達磨」就此誕生。

雖然部落格上有幾處的字被塗掉，但原文應該是這篇網路上的報導。

以這裡寫的應神天皇為主神，再加上應神天皇的母親神功皇后和另一位神明，便成了「八幡三神」。雖然不是太秦，但這裡肯定也受到秦氏深刻的影響。

你認為惡魔是如何誕生的？突然扯到這個話題，但願你不要覺得莫名其妙。惡魔是基督教創造出來的概念。也就是說，如果沒有受到基督教影響，惡魔就不存在。會很難懂嗎？那我換個說法好了。他們不承認自己主神以外的神。除此之外的神，全都是惡魔。

注「秦氏」的日文讀音為hatashi。

以美索不達米亞掌管天氣的神哈達德爲例，或許稱爲「巴力」更廣爲人知。巴力是迦南人的主神。但是在《舊約聖經》裡，巴力信仰經常受到無端的攻擊，還把當地人口中「崇高的王（Beelzebul）」說成充滿輕蔑意味的「蒼蠅王（Beelzebub）」。沒錯，現在反而是惡魔蒼蠅王更有名。

你問我到底想說什麼——我想說的是橘家的根源，也就是對於蛇的信仰，在受到基督教影響深遠的土地上，或許就會被視爲所謂的「惡魔信仰」。

當然有各式各樣的說法。例如可以視爲受景教影響的神器「鏡子」或「鏡餅」的「鏡」，據說並不是我們一般用來照鏡子的那種鏡子，而是模擬蛇身體的「蛇身」（注）。這與先前提到的「蛇乃惡魔」的想法自相矛盾吧。但不管矛不矛盾，他們顯然都對蛇抱持著強烈的敬畏和恐懼。

總而言之，橘家的祖先不同於當地其他人，崇拜的是蛇本身，而非八幡神，並且還用來做生意。景教與大陸系的文化在這此共冶一爐，是相當有趣的地方……他們原本恐怕只靠占卜過著克勤克儉的生活，完全不受重視。直到有一天，他們突然從不見天日的角落走到陽光下，主要是因爲豐臣秀吉從一五八七年開始頒布的禁教令。鎮壓最厲害的時期，大概是在元和期間，而且對基督教的鎮壓一直持續到一八九九年的明治時代。

禁教令非並只有宗教上的意義。換句話說，廢除基督教不止是爲了保護日本自古以來的文化，硬要說的話，主要還是政治意圖居多，但這與老百姓一點關係也沒有。當時的風氣鼓勵民眾向官差檢舉基督徒，所以不止是官差，就連庶民百姓也到處追捕基督徒。更重要的是，無論在哪個時代，執行正義本來就是至高無上的娛樂。

這時我便想起了酒井宏樹的報告：

＞基本上都用壞人當人柱。因為做成柱子是一種功德，等於壞人可以因此積德。蛇神大人也很滿意，對我們和壞人都有好處，等於是三贏的局面。當然我也不能接受，但以前的人確實是這麼做的。

＞話說蛇這種生物沒有手腳不是嗎？因此在做成柱子的時候，要先扭斷壞人的手腳。

在那之前還有以下的記述：

注　發音與日文的鏡子一樣，都是kagami。

＞橘家的土葬又有點不太一樣，他們是扭斷遺體的手腳，只把身體放進棺材裡。

你還記得這些還有上次提到的「人十點」嗎？

把被劊子手斬首的基督徒身體集中起來埋葬的場所。

另一方面，山岸老人和岩室富士男口中的「祖先做過的事」到底是什麼事呢？他們口中的「壞人」，又是做了什麼壞事的人？

以下是我的臆測，不知是否可以這樣解釋。

橘家人鎮壓了基督徒，砍掉基督徒的四肢用來獻祭。而獻祭的儀式是爲了召喚「仲仕」，也就是他們信仰的蛇之惡魔。實際上也眞的召喚了出來，但結果並非他們所願。

仲仕爲他們帶來財富應該是事實吧。只要看過以昭和初期爲舞台的豐、松姊妹的故事就知道了。這點從鈴木母女的故事也看得出來。他們都變得很有錢，比靠占卜勉強餬口時要來得富裕多了。但仲仕爲他們帶來財富的同時，也要他們付出比財富更沉重的代價，那就是活祭品。

要我說的話，天底下當然沒有白吃的午餐。利用活祭品召喚出惡魔，當然也只能靠活祭品維持。噢，對了。因爲他們認爲是「仲仕」，所以才之所以爲「仲仕」，就僅是如此呢。

宗教是人類創造出來的東西。神是人類的意念或心願所創造出來之物。所以「仲仕」是思想奠基於景教的他們，所創造出來的東西。在鈴木母女的故事裡，如同橘家當時的當家T先生所說，神並不存在。活人獻祭並不是獻給神明，而是「讓人類創造出來的仲仕吃掉那個人」。在橘家的願望下被創造出來，吃掉活祭品、至今仍貪得無厭地追求活祭品的怪物，就是「仲仕」。

實不相瞞，以上是我知道的全部了。我對景教和神道都有一點認識，但是對他們信仰的教義或儀式細節則無從得知。

畢竟還扯到了「式喰」這號人物。式喰是指從陰陽道衍生出來、四國獨特民間信仰「伊邪那岐流」的施術者所戴的面具。本來應該稱施術者爲「太夫」……這個信仰大概也跟時代一起脫離了原型吧。

別這麼沮喪。如果是已經發生的事，還是可以稍做解釋的。算是提供某種補充。

不管怎樣，水谷眞的很好心呢，眞是善良的學弟。

怎麼說……畢竟他給了你提示啊。在變成那樣之前。

例如「八月十三日」——那是你以病歷爲基礎的創作。但爲何是八月十三日呢？至少我就想不出迎魂火這個點子，這部分也算是文化的融合呢。我不清楚是你無意中選了這個日期，又或者本來就是這天。總之，這是個有意義的日期，是爲了迎接那個世界的人來到這個世界，點燃篝火的日子。

你選了這個有意義的日子。水谷似乎也鎖定這一天。還有他說的那句「明明又沒有下冰雹，突然蝗蟲就來了」也是——這應該是指傳說中神在埃及降下的十個災禍吧。

依序是將尼羅河水變成血水、放出青蛙、放出虱子、放出蒼蠅、讓家畜感染瘟疫、讓人長出疹子、降下冰雹、放出蝗蟲、讓埃及籠罩在黑暗中、殺死所有埃及人的長子。不管是基督教也好、猶太教也罷，他不是藉此向你暗示了神的存在嗎？

你們在居酒屋討論的內容，也幾乎皆與殉教的基督徒有關，〈至聖之首受創傷〉就是以耶穌基督受難爲題材的讚美詩。

中山小姐上吊時聽到的歌詞也不例外。那是以前我寄給你的奇妙民間故事裡出現過的歌呢。完整版好像是以下這樣：

鉤住舌頭　繞一圈
綁著鼻子　繞兩圈

輾過下巴　繞三圈

投入無底深淵　鎖起來　水井底下　經過七代　頭上腳下　頭上腳下

這也是從《聖經》裡來的。就是剛才稍微提到的《約伯記》裡，關於大蛇利維坦的記述。

＞誰能用勾子捉住這個呢？誰能用繩索貫穿牠的鼻子呢？

＞你能用魚鉤釣起這個嗎？你能用魚線捆住牠的舌頭嗎？

＞你能用蘆葦的繩索貫穿牠的鼻子嗎？你能用魚鉤刺穿牠的下巴嗎？

很像吧。雖然水井和七代的部分不曉得在講什麼。

話說回來，那個民間故事裡出現的女孩——她身上帶著白色的貝殼，不就是基督教的朝聖者會有的打扮嗎。真是太諷刺了，她信仰、崇拜的居然是與神水火不容的東西。式喰「雙眼失明」的描寫也很有代表性。不信神之人落得雙目失明的下場，是《聖經》中極爲常見的「天譴」。我認爲，變成惡魔的仲仕模仿神的舉動，也是惡魔會幹的事。

總之一句話，水谷比我更早看穿一切，爲你指引方向。

你說他已經完全被拉進那個世界，不可能給你提示？哎呀，不管怎樣，結果都是一樣的。

啊，還有「[redacted]」的謎團。這或許是最重要的部分也說不定。我雖然不精通外文，但這應該不是日文，而是亞蘭語。正式的發音是——噢，你不想聽也沒關係，這句話確實充滿了不祥的感覺呢。我也覺得不可以唸出聲音來，所以只告訴你意思吧，因爲這句話足以證明橘家的起源。

翻譯過來的意思是「我們事奉財富」。我猜這跟他們爲孩子取名時都有帶「一個代表財富的字」有關。

至於這意味著什麼呢，我大概心裡有數。

> 一個人不能同時事奉兩個主；不是惡這個，愛那個，就是重這個，輕那個。你們不能又事奉神，又事奉財富。

這是《馬太福音》的一節，用來勸戒人不要拜金的句子，必須從神與財富之間選一個，不能同時擁有財富又要事奉神。也因此把「財富」擬人化，與「神」對比。

換句話說，「我們事奉財富」不就是這句話的答案嗎？不過中世紀又衍生出一派說法，認爲這個「財富」並非是擬人化的財力，而是惡魔之名的解釋。亞蘭語的「財富」唸成瑪門（Mammon），你應該也聽過吧。

以上呢，就是我絞盡腦汁想對這些怪異做出一個結論，因而建立的假設，所以不見得是正確答案。如果想知道眞相的話，還是得去一趟橘家才行。

喔，既然都聽到這裡了，我也要去喔。

三

中山小姐的狀況似乎不太妙。不是身體的問題，而是在精神上。

她瘋了。聽說她一醒來就立刻拿起釘書機，拚命地想要縫合自己的「眼睛」。

醫院裡繪聲繪影地傳著我和她搞婚外情，最後還狠心拋棄她，害她精神失常的謠言。太無聊了。就算我們眞的有婚外情好了，羅敷有夫的可是中山小姐，她不可能因此尋死覓活。當然，婚外情根本不是事實。

這幾個月來，我籠罩在橘家怪異的陰影下，日子過得亂七八糟。不僅存款減少，咬指甲的壞習慣也復發了，幾乎所有的護理師都無視我。

老實說，我再也不想與這件事扯上關係，現在就想立刻辭掉醫院的工作回鄉下。但內心又有股即使辭職回老家，不僅解決不了任何問題，事情還會變得更嚴重的預感。

刺骨之痛。

感染梅毒的患者如果不接受治療，腫瘤會深入骨髓，痛徹心扉。我感覺自己現在正處於這種狀態。

出現在我夢裡的梅毒患者就是對我的警告。我卻沒有注意到。

你也會變成這樣。

果然如那患者所說。

人要治病的話該怎麼做才好？

得找出原因。也就是找出病灶，才能對症下藥。

我和齋藤約好，等他任教的大學期中測驗結束那天，便請特休跟他一起去那個地方。

要帶什麼去呢，我又該做什麼？

重看一遍截至目前蒐集的故事，做了一張以我爲中心的人物相關圖……

人物相關圖

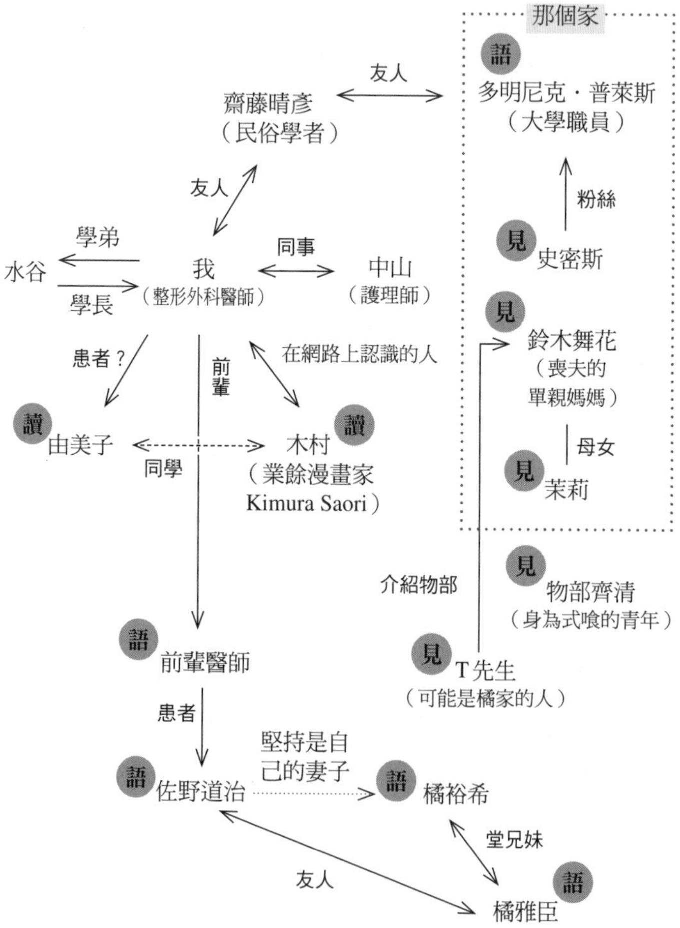
那個家
語
多明尼克・普萊斯
（大學職員）
友人
齋藤晴彥
（民俗學者）
友人
粉絲
見
史密斯
學弟
水谷
學長
我
（整形外科醫師）
同事
中山
（護理師）
見
鈴木舞花
（喪夫的
單親媽媽）
患者？
前輩
在網路上認識的人
讀
由美子
同學
讀
木村
（業餘漫畫家
Kimura Saori）
母女
見
茉莉
見
物部齊清
（身為式喰的青年）
介紹物部
語
前輩醫師
見
T先生
（可能是橘家的人）
患者
堅持是自己的妻子
語
佐野道治
語
橘裕希
堂兄妹
友人
語
橘雅臣

結果沒有任何新發現，而且忙著製圖的過程中，不知不覺就來到約好的前一天。明天五點一定要起床，所以必須早點睡才行，但最近我好怕睡著。因爲每天都做惡夢。而且明明清楚地感覺自己在做夢，內容卻完全想不起來。唯有那個神祕的果實愈來愈大。起初只有乒乓球大小，如今已經變得跟哈密瓜一樣大了。最恐怖的，是隨著果實愈長愈大而感到亢奮的我自己。仲仕說那是好東西，我也覺得好像眞的是好東西。無疑是「厄」或「禍」之類的東西，我卻怎麼也捨不得丟掉（感覺就算丟掉，只消經過一個晚上，那玩意兒又會長大，出現在我面前）。

總之，我姑且躺在床上，閉上眼睛。根本睡不著，但現實生活的重重壓力似乎比想像中更令我疲憊，意識開始變得渾沌起來。

家裡對講機響起。我看了看時鐘，才凌晨四點，距離起床時間還有一個小時。我坐了起來，滿腔怒火地按下通話鍵，馬上就後悔了。因爲我很清楚只有那傢伙會在這種時間來找我。但已經來不及了。

『醫師。』

是水谷。果然不出我所料。

螢幕黑漆漆的。或許他把整張臉都貼在鏡頭上。

『我試過了。』

「試什麼？」

我的語氣冷靜到自己都大為驚訝。發生太多可怕的事，我都快麻痺了。

『你看。』

大概是往後退了幾步，水谷的全身出現在螢幕裡——那一瞬間我吐了出來。

他裡提著一對六十多歲的男女頭顱，像拎著兩顆溜溜球似地。考慮到對講機的螢幕畫質不佳，可能是假的也說不定，但不知為何，我可以肯定那絕不是假道具。千眞萬確，水谷把自己的父母當成活祭品了。

「你為什麼要這麼做？」

『是醫師叫我做的。』

「我才沒有。」

『是醫師叫我做的。』

「你居然下得了這種毒手。」

『是醫師叫我做的。』

「就算你和父親處不好也不能這樣。」

『是醫師叫我做的。』

「這可是殺人。」

『是醫師叫我做的。』

水谷始終用相同的語調重複「是醫師叫我做的」。

這時，我突然發現一件事。會不會他喊的不是醫師，而是老師呢？（注）

或許他打從一開始就不是在跟我說話。我想起自己做過的夢，想起在夢中就讀的律名小學五年三班的「老師」。

「你們覺得選誰當下一個活祭品比較好？」

後面傳來聲音。

『老師。』

水谷從對講機那頭傳來的音色明顯地充滿喜悅。

『我弒親了，老師。』

注　日本也以「老師」來尊稱醫師。

水谷果然是在跟我背後的存在說話。

我的手腳熱得就快要燒起來了，身體的骨幹卻冷到極點。

我沒有回頭看的選擇。明明已幾乎緊緊貼在我背後的距離，我卻無法承認那個的存在。不能承認。不能存在。

「[redacted]喔。」

即使聽得一清二楚，大腦仍拒絕接收訊息。同時彷彿還能聽見，若理解這句話的意思就會出大事的警告。我知道這句話的意思，但是不可以理解。

水谷的頭轉了三百六十度，逼近對講機的鏡頭。

『我從幾年前就聽見聲音了。而且不止聽見聲音，雖然看不見形體，卻足以判斷聲音正把果實、智慧、蝗蟲、醫師當成凶器使用。因爲我就是這麼理解的。我的身體被當成不正當的智慧使用的不倒翁推開；寶貴的腦髓被不正當地流淌在地板上的神經膠質細胞威脅；我的血腦障壁被不正當的智慧貫穿。還被逼著變成酩酊大醉的藍色駿馬。思覺失調症的人不斷遵循法則弒子，德高望重的人開玩笑地用非常非常珍貴的fMRI從壺裡拍攝非常非常重要的左手，老師。所以大家都笑了不是嗎。就像漩渦不是嗎。再加上冰天雪地的坦然地獄。就像我那麼辛苦、那麼努力、那麼開心地煮滾鍋子裡的蒸氣，你可知我費了多大的勁才讓蘆葦燃燒冒煙嗎？相當於年薪兩千萬日圓的重力。溶解的骨頭也是財產。同時也是非常重要的活祭品。弒親。曾經是那麼心愛的家人。爲了存續下去，爲了反過來、反過來存續下去。所以不是幻聽，我那沒有實體的價值觀才是眞實。恕我直言，因爲過了就置之不理實在很殘酷。請務必讓我幫忙。因此請告訴我從病理學的角度，由誰當活祭品這個字眼的犧牲者比較完美。還有，希望取消從億萬巨賈中將神除名這件事。老師。我認爲能保護老師的方法就在被窩裡。他們建立起脆弱的廟堂，太有趣了。我相信只要破壞毫無價值的廟堂，老師就會明白。有兩顆頭是無法得救的。老師是否認爲在截至目前的魂魄中瓦解的那個聲音，也就是沙啞的聲音的夢的盡頭是眞正的援軍，這種誤解令我不安。知識與財力明明都很迷人。緊抓著逝去的日子不放是凡人得意忘形的原因。劣質的黃腐酸不會進入三羧酸循環。反而會吃掉活祭品。明明就快要代謝性酸中毒了，他們還在說，說醫師會利用活祭品來回應大家的期待，發揮恐怖的壺忌，讓賺錢的人、賺錢的頭都爲之震撼。大家好像都期待狡猾的人傷害別人、吃掉別人。也就是根據這種想法在干擾我。我不能原諒他們。我認爲人類只要增加5—羥色胺酸就會非常平靜，所以這是眞的。我還以爲每個人都知道。爲何人類要有手腳。那個家族的人都死光了。死了。死了。可是你不覺得還不夠嗎？不覺得還不夠嗎？只剩一點點了。

我好難過。就算老師覺得還夠，其實已經減少了。只是肉眼看不見。你不覺得爲了維持必須擴散嗎？了解我的想法，了解老師的想法，而且不會故意對這些想法提出相反的想法，你不覺得爲了維持必須擴散嗎？因此需要我這個人。我是醫師。也是嬰兒。沒錯，我相信我是從醫療中建立財富的信徒。請務必選擇我。請告訴我誰是活祭品，好嗎！』

鼻息吹到我的耳邊。伴著忍俊不住的笑聲。「老師」在笑。即使沒看到臉，也知道那是種嘲笑。

水谷還在重複著「好嗎！告訴我嘛」。

我哭了。我好同情水谷。因爲「老師」根本不理水谷。

淚水落在地板的嘔吐物上，這塊髒污有如污泥般的靈魂搖擺著。不對，是房間在震動。有人正用力拍門。

「醫師。」

水谷的聲音從正面傳來，彷彿就站在門口。他是怎麼通過樓下警衛室的？

我冷不防地一屁股跌坐在地上。水谷拍門的力道如此之大，不間斷地拍了好幾下。

我忽然冷靜下來。報警吧。不能讓他破門而入。

當我決定報警時——也就是在這種不尋常的狀況下，想到報警這種現實的解決方案時，「老師」原本貼在我背後的氣息消失了。我鼓起勇氣回頭看，沒有半個人。唯有水谷狠命拍門的聲響尚未消失。

我爲了拿手機，雙腳往床的方向移動，擊門的聲音停止了。

「對了，活祭品是……」

水谷的嗓音變成以前的冷靜聲線，沉著地喃喃低語。

然後，突然什麼聲音也沒有了。

窗外已經露出魚肚白。不知怎地，我覺得一定得開門才行。雖然是很靠不住的武器，我仍拿起在東急手創館買的菜刀，悄悄地開門。

「啊……」

我幽幽地嘆了一口氣。因爲我知道水谷變成活祭品了。也知道這是毫無意義的選擇。

地上只剩水谷的軀幹。

＊　＊　＊

我認爲這是一場夢。

我分秒不差地在手機設定鬧鐘的五點整醒來。

地上沒有我看到水谷父母的頭顱時所吐出來的嘔吐物，門也沒有受重擊的痕跡。更沒有水谷的身體。

我脫下被汗水濡濕的睡衣去沖澡。還不太敢確定自己目前是否正處於現實之中，反而是枕邊那顆長得比之前更大的果實讓我相信這是現實，眞是荒謬。而且也不知爲何，我認爲只有水谷已死一事並不是在做夢。也不知爲什麼我會爲此感到悲傷。

穿上衣服，檢查瓦斯和空調確實都關好了，視線不經意瞥向床鋪。床上有個凹陷處。彷彿有人正躺在那裡般，床墊的中央向下凹陷。我發現就連待在家裡也不能安心了，於是抓著果實走出家門。

四

距離約好的時間已經過了二十分鐘，齋藤尚未出現。幸好集合時間約定得很早，所以其實還有一小時左右的緩衝。但就算如此，他向來是個守時的人，所以我感到很奇怪。

「不好意思，我是齋藤老師的……」

突然有個身形纖細、像根竹竿似的女性對我說。我還來不及回答，她又接著說：

「齋藤老師身體有點不舒服，要我們先走一步，他隨後會追上來。不好意思，自我介紹晚了，敝姓鳥海。我認識齋藤老師的原委跟你差不多。換句話說，我對那方面的東西很感興趣。」

自稱鳥海的女性嫣然一笑。眼睛本就已經細得只剩一條縫，笑的時候更是完全看不見眼白。

我與齋藤相識於三年前在神樂坂舉行的百物語活動。由於我熱愛所有齋藤的著作，以及他上過的所有電視節目，所以爲了那一天，我事先在醫院蒐集了各式各樣的怪談，經過整理後發表，並獲得齋藤熱烈的稱讚，建立起後來也會私下交流的交情。我與齋藤的年齡相差甚遠，他都可以當我的父親了，但我們就是莫名合得來。

得知眼前的女性與自己擁有差不多的經歷後，我不禁有些落寞。這份落寞來自於以爲只有自己是特別的，這種幼稚的佔有欲。

這個女人看上去約莫大我十歲左右，穿著黑色的洋裝，前不凸、後不翹的體型看起來就像把一條黑布罩在竹竿上，再加上稀疏的中長髮，給人非常不起眼的印象。平板的五官也不算特別標緻。儘管如此，卻散發出不可思議的女人味。

齋藤好像從很久以前就跟老婆分居了。我不禁懷疑是不是因爲鳥海女士的關係。我驚覺自己已被教學醫院那種亂七八糟的人際關係污染，打從心底對自己感到失望。爲了轉移話題，我先自我介紹，而且爲了愼重起見，還打電話向齋藤確認。結果沒人接聽，取而代之的是通訊軟體收到齋藤「麻煩二位了」的訊息。看樣子他眞的人不舒服。

問題是，這樣一來不就變成跟女人單獨旅行嗎？她的無名指上沒戴戒指，這個時間能在外面跑來跑去，應該還是自由身。但就算我無所謂，對方也會不安吧，畢竟等於是要跟今天才剛認識的男人去旅行。即使事已成定局，我內心仍不禁有些氣惱齋藤這種沒常識的地方。

彷彿看穿我的疑慮，鳥海女士笑著說：

「別擔心，我不介意。你也無須顧慮我這種歐巴桑喔。」

一路聊下來，沒想到……不對，應該是想當然的，我們聊得十分熱絡。這也難怪，畢竟我們擁有相同的興趣，更意外的是鳥海女士與我居然是同業，平常在私人診所上班。異常的惡夢淡出我的記憶，我們進入松山前度過一段非常愉悅的時光。

爲了前往橘家，轉乘一小時只有一班的電車時，鳥海女士小聲地驚呼一聲。

「怎麼了？」

「沒什麼，只是突然想起一件事。討厭啦，最近好健忘。」

「妳還不到那個年紀吧。」

在來這裡的路上得知鳥海女士大我十五歲。

「差點忘了，齋藤老師說過，這次好不容易跟對方約好了。」

「跟誰約好了？」

「呵呵，先不告訴你，我想給你一個驚喜。」

明明是她自己先起的話頭，結果直到抵達橘家最近的車站之前（話雖如此，從車站到橘家還有一大段距離），鳥海女士都只笑著顧左右而言他。順帶一提，離橘家最近的車站叫做「橘站」。

橘站比我想像中現代化許多。或許是我對四國的偏見太深了，這裡感覺就跟到處可以看到的鄉下車站無異，令我大吃一驚。這絕非窮鄉僻壤的車站，聽說以前還有從這裡岔開的支線。

通過剪票口後，鳥海女士東張西望，視線停在牆邊的長椅上。

有個臉色很差的老人坐在那裡。

「你好。」

鳥海女士向他打招呼，老人以緩慢的動作抬起頭來。

「鳥海女士，這位是……」

「沒錯，就是他。」

老人直勾勾地凝視我的雙眸。

「我是橘雅紀。」

雖然是小到幾乎聽不見的音量，卻直直地刺進我的耳朵裡。

——橘雅紀是國中三年級學生。

腦海浮現出木村小姐的分鏡開頭。這個人眞的是橘雅紀嗎？

「嚇了一跳吧？那個故事原來是眞的。很驚人吧？我也大吃一驚。」

鳥海女士的話我一個字都聽不進去。如果他眞是橘雅紀本人，這次眞的就得承認這一切都是眞的……但是再怎麼看，那個故事都是發生在昭和後期的事，然而眼前的老人看起來卻有七十多歲。

「我會告訴你我能透露的一切。但你們遠道而來一定累了，先來我家休息一下吧。」

橘雅紀說道，踩著難以相信是屬於老年人的穩健步伐，大步流星地往前走。

五

坐上橘雅紀的車，還以爲要直接前往橘家，不料並非如此。這倒也是，直接把基於好奇心而來的人帶回家才不自然。

聽說途中可以看到那棟洋房——也就是鈴木母女命喪黃泉的鬼屋——所以我望向車窗外確認。確實如紀錄所寫，洋房周圍花團錦簇，打理得很漂亮。我出聲詢問現在是誰住在裡面，橘雅紀沒回答。或許有什麼不可告人的內情也說不定。

至於鳥海女士在做什麼呢，她正怡然自得地在後座哼歌。包括我自己在內，熱愛恐怖故事的人果然都很古怪。

車子開了快一小時左右，終於抵達一棟小而美的日式房屋。

我們在橘雅紀的催促下下車，這裡也種了花。

「不過沒有任何意義。」

橘雅紀自言自語。

「地方很小，請進。」

裡頭的空間意外地深，有點像時代劇裡會看到的旅店格局。

聽說這裡以前確實是由橘家相關人士所經營的旅社。我與鳥海女士被帶到了後面較寬敞的起居室。

我喝了口端出來的茶，有股泥巴的味道，所以只喝了一口就不喝了。我放下茶杯，而橘雅紀似乎就在等這一刻，問我：

「所以呢，關於我們的事，你知道多少了？」

「也沒有多少。」

我掐頭去尾地說明重點。一方面覺得或許很失禮，另一方面也認爲沒有實際發生，所以跳過各種考察與水谷的事。我還讓他看了我事先寫好的資料。

橘雅紀默默地看完那些資料，始終面無表情，不見一絲情緒波動。

過了好一會兒。

「大致上都是眞的，但也有並非眞實的部分。」

「果然，我想也是。」

「實際上死了更多人。」

我不由得望向橘雅紀的臉。滿是皺紋的臉上依舊沒有任何表情。他以宛如黑洞的雙眸盯著我，接著說下去：

「出現在這些故事裡的人幾乎都已經不在了。橘家也只剩下我。」

我不知該說什麼才好。光是以爲只存在於故事裡的人實際出現在眼前，就已經夠令人震驚了，這個人還泰然自若地告訴我大家都死了。

「也就是說，這裡提到的雅文、雅代、雅、岩室伯父、裕壽、雅臣、裕希都死了。只剩下我。」

「這眞是……」

請哀節順變。我還沒開口，橘雅紀便搶先說：

「別擔心。我是第七代。第七代都是這樣的。」

「什麼意思？」

「到第七代就會結束了。」

他的語氣十分強硬，不容人置喙。我想起那首陰陽怪氣的歌。

聽起來好像跟「經過七代　頭上腳下」有關，但又不敢問。

沉默持續了好一陣子。這一帶眞的好安靜。如果沒有人說話，甚至能聽見自己的心跳聲。

或許是受不了誰也不說話的狀況，鳥海女士開口：

「我很好奇一件事……如果不方便也可以不用說，請問你們祖先做的『壞事』到底是什麼？」

我很驚訝她居然敢直接問。這就是歐巴桑特有的厚臉皮嗎。沒想到外表楚楚可憐的人也有這一面。與此同時，我內心倒也湧出感謝的情緒，感謝她幫我問了這個問題。因爲我一直在思考，有沒有方法可以確認齋藤的推論是對是錯。

「我不知道。」

橘雅紀垂下眼睫，又說：

「你知道我小時候的體驗吧。我在走廊上看到白色物體的事。」

「知道。」

「那其實是我以前投稿給《百鬼夜行》那本雜誌的文章喔。」

《百鬼夜行》是齋藤時不時會參與審訂及對談的超自然現象雜誌。只要是喜歡超自然現象的人，說是無人不曉那本雜誌也不爲過。那本雜誌確實有個讀者投書的專欄。

也就是說，橘雅紀也是喜歡靈異現象的同好嗎？

「這不重要。重點是我當時住在東京，夏天會去祖父母家玩，是個非常平凡的國中生。」

「也就是說，你不是一直住在這裡。」

「沒錯，我一年前才來到這裡。」

橘雅紀閉上雙眼，低下頭去。

「或許是不該投稿那種東西吧。對我而言，那只是個少年時代有點恐怖的體驗。可是在投稿之後……」

橘雅紀的肩膀微微顫抖。淚水一顆顆地滴落在榻榻米上。

「你是指令祖父和令祖母的事對吧。我拜讀過內容了，但也不見得一定是那個原因……」

我插嘴打圓場，橘雅紀搖頭。

「不是那個，那是投稿前就已經發生的事。一切都被我搞砸了。先是姊姊。姊姊用棉被悶死還是小學生的孩子，自己也自殺了。然後是家母，某一天突然不知去向。三個月後，我們家收到一個盒子，裡頭的白色粉末就是她的骨灰。很難想像那是以正常的方法，也就是死後再燒成灰的。換句話說，骨頭是活生生被削下來的。至於是她自己削的，還是……不管怎樣，家母再也回不來了。」

橘雅紀滔滔不絕地說著，豆大的淚珠順著臉頰滑落。他的樣子與其說是可憐，更讓人感覺異常。而他口裡說的話也很離奇，但更異常的是他的模樣很奇怪。明明在哭，嘴角卻掛著陰森森的笑容。我完全插不上話。

「物部清江女士……沒錯，就是故事裡提到的物部先生的母親，她打電話給我，說家父變得很不正常。家父好像從那時就開始聽見聲音，後來甚至用原子筆刺穿自己的耳膜，住進精神病院。當事情變成這樣，終於輪到式喰登場。」

橘雅紀已經不掩飾他的笑容了。以「咯咯咯」的詭異聲音笑著。原來肩膀的顫抖並不是因為哽咽，而是為了克制笑聲。

「家父是將橘家的一切都扔給自己的弟弟，在東京為所欲為的背叛者。還似乎對我名字裡有個『雅』字很不滿。問題是，這關我什麼事！」

橘雅紀怒吼的同時，天花板發出擠壓的怪聲，嚇了我一大跳。

橘雅紀也愣了一下，頓時噤若寒蟬。

「不好意思，我太激動了。」

我又看了他一眼，他已經恢復原本死氣沉沉的面無表情了。

老實說，我想快點離開這裡。天花板仍在發出聲音。肯定有什麼東西在那裡。但如果就這樣不了了之地回去，那我跑這一趟究竟有何意義。現在回去的話，我也會變成橘雅紀口中「大家都死了」的大家。即使眼前是個明顯已變得不正常的老人，即使這裡是鬼屋，我也要忍耐，我想得到所有解決問題的線索。

「所以啊，從某個角度來說，我是活祭品。爲了讓一切在第七代結束。爲了讓一切來得及。所以我什麼都不知道。不知道祖先做了什麼，也不知道爲何遭此報應。你覺得我看起來像是幾歲？」

橘雅紀筆直地看著我的眼睛問道。我望向鳥海女士，想向她尋求協助，但她只是笑得一臉不懷好意。我無奈地回答：

「那我直說了，大概……六十歲以上。」

「哎，我就知道。」

橘雅紀不以爲忤地接著說。

「我今年才三十五歲。」

天花板的聲音突然消失了。寂靜刺痛我的耳朵。

「不知道什麼時候會來，但我已經被侵蝕到這個地步了。一年就變成了這樣。」

橘雅紀倏地站起來。他的動作確實不像老人。而且，我也不覺得他在說謊。

「太陽已經下山了。現在回去的話，可能深夜才能回到家。如果不介意的話，請務必留下來過夜。若有興趣，我明天再帶你們參觀主屋和洋房。話雖如此，現在也都沒人住了，只有工人偶爾會去修繕。」

他說得沒錯。雖然不想在這種鬼屋過夜，但也不好意思拒絕他的好意。而且不曉得爲什麼，鳥海女士興高采烈地打電話向飯店取消訂房。

六

我完全睡不著。

閉上雙眼，橘雅紀垂垂老矣的模樣及病態的表情，就會浮現在我的眼皮內側。倘若橘雅紀所言非虛，他等於是在一無所知的情況下，突然被迫一肩挑起爲受詛咒的家族血脈畫下句點的任務。眞是太爲難他了。

年紀明明與我相仿，就算受到巨大壓力，那種老化的速度也太不尋常。大概如他所說，他的外表是受到什麼東西侵蝕的結果。而且他那張異常的笑臉也令我印象深刻。

我說不出所以然來，但是感覺就跟我拿著那顆果實的時候一樣。我看到果實時肯定也露出相同的表情。事情明明正往最糟糕的方向發展，卻覺得那是個好東西。想必他也有一顆果實吧。

我趁洗澡時看了一下原本放在包裡的果實，不見了。但我有種預感，果實一定會回來，所以也不打算找。

天花板已經不再發出聲音。要是繼續吵個不停，大概會讓人徹夜難眠吧。

不用說也知道，鳥海女士睡在另一個房間裡。這個家沒有電視，異樣的寂靜令人心驚膽寒。我也檢查了下手機，只有在屋裡走來走去時偶爾能收到一點訊號。所以我最後放棄上網，從下載到手機裡的漫畫中盡可能挑選搞笑的內容來看，藉此排遣孤獨。

——只要忍耐七代。

冷不防地，腦海中浮現出支離破碎的句子。

——只要忍耐七代，就會有司祭從羅馬來。

我想把注意力集中在看到一半的無聊搞笑漫畫上，藉此蓋過那句話。

——司祭告解，爲我等祈禱。

人在害怕得六神無主時，反而會想起更恐怖的事（我不確定這是否爲恐怖，但在莫名其妙的情況下，至少不是什麼開心之事）。我陷入了惡性循環。

明知這麼做也無濟於事，但我仍打算坐起來整理行李。就在這時，我聽見樓下傳來小聲交談的聲音。從音調及說話方式聽起來，應該是鳥海女士。鳥海女士也睡不著吧。以她那種厚臉皮的性格，肯定不管橘雅紀要不要睡覺，也會把他叫起來問話。我再度產生半是傻眼、半是感謝的心情，決定加入聊天的陣容。

推開紙門，房間外還是很暗。等眼睛習慣黑暗後，我走下樓。說話的聲音依舊不絕於耳，大概是故意不開燈吧。即使同樣都是熱愛靈異現象的人，鳥海女士的膽子比我大多了。不過這也很正常，畢竟她又不是當事人。

稍早前，橘雅紀告訴我們「如果有什麼問題，盡管來找我」之後便退下，而此刻，在長長的走廊盡頭，他退下的房間裡正透出燈光。大概是只點亮了跟我房裡一樣的行燈。

——嘰嘎嘰嘎、卡沙卡沙。

天花板發出聲音。我加快腳步穿過走廊。是我的錯覺，是我的錯覺。我不也告訴過木村小姐嗎，那是從我的想像中創造出來的幻聽。走到房間前，我手伸向紙門——忽而停在半空中。

那不是對話聲，而是嬌喘、呻吟的聲音。

啊、啊、啊。高亢又嘶啞的叫聲。嘰嘎嘰嘎並不是天花板發出的聲音，而是做那件事的聲音。

在我這麼困擾的時候，你們到底在搞什麼！我正想這樣破口大罵，卻又沒有勇氣。而且也可能是我誤會了。得先搞清楚狀況才行。

我躡手躡腳地蹲下來，小心不被發現地用手指將和紙戳洞，把一隻眼睛湊上去。

視線交會了。視線完完全全地交會了。

鳥海女士以只有脖子轉向這邊的姿勢，直勾勾地注視著我的雙眼。整個人跨坐在橘雅紀身上，機械化地擺動腰部，目光發直地迎著我的視線。

不對。並不是這樣。不知是何原理，鳥海女士的下半身彷彿變成一條長長的黑布，覆蓋在瘦到幾乎可見肋骨的橘雅紀裸體上。

那不是性交，是捕食。

鳥海女士微微一笑。跟早上與我會合時一模一樣，露出充滿魅力的笑容。這反而更可怕。勾勒出美麗弧線的唇畔發出「啊、啊、啊」香艷刺激的嬌喘聲。

必須逃離這裡才行。但身體卻像釘在地上，動彈不得。就連要把臉從紙門移開如此簡單的動作都辦不到。四肢百骸一寸一寸地冷起來。通風不良的室內明明很悶熱，我卻撲簌地顫抖不止。

斯斯……紙門的縫隙變大了。有個細緻而冰冷的東西貼著我的手指，正打算推開紙門。無庸置疑是鳥海女士的手指。但明明從她的位置根本搆不到這邊。笑容仍牢牢地貼在鳥海女士臉上，她一瞬也不瞬地盯著我著。就像玩弄獵物般地，紙門一寸一寸、一寸一寸地打開了——

鳥海女士翻過身，換成被她壓在下面的男人——橘雅紀坐了起來。

「快逃走！」

他的聲音十分宏亮，與剛才的樣子判若兩人。

鳥海女士的表情分毫未變。她的上半身也文風不動，但那可以稱爲下半身嗎……有個黑色的東西正歪歪扭扭地調整姿勢。就像看到大量的蚯蚓，感覺好噁心，我不由自主地閉上雙眼。

「快逃走！」

橘雅紀又大喊了一聲。那一瞬間，某種束縛彷彿被解開，我可以站起來了。我直接轉身衝向玄關。

「我是叫鳥海的人。」

聲音從背後追上來。

「我很感興趣我很感興趣我很感興趣。」

明明只有幾十公尺的走廊，卻怎麼也走不到盡頭。

「不需要顧慮像我這種人像我這種人像我這種人，我叫鳥海，我很感興趣。」

鳥海女士的聲音儼然已來到我的正後方。

「壞祖先幹的壞事壞祖先幹的壞事壞事壞事壞事壞事壞事壞事祖先幹的壞事壞事壞事壞事壞事壞事壞事。」

我踹破拉門，連滾帶爬地逃出去，慌不擇路地在黑暗中前行。

七

全然伸手不見五指的黑暗。連自己的指尖也看不見。

不幸中的大幸是，從相當遠的地方隱約可以看見民宅的燈光。總之，我先往那個方向狂奔。幸好手機還在身上。不知何故，我連那顆果實都帶上了，但現在不是在意這個的時候。我不敢打開手機的燈光，擔心耗電之餘，更怕被尾隨的東西發現。不過離開那棟房子的同時就沒再聽見聲音，所以我想應該已經沒事了。

那是捕食。不會錯的，鳥海女士正在捕食橘雅紀。鳥海女士的下半身是——蛇的狀態不是嗎。

至今蒐集到的各種怪談閃過腦海。

從深淵爬出來的阿豐。葬禮時在榻榻米上爬行的女人。有什麼東西在鈴木母女家裡爬。姊妹蛇。嫁給仲仕的村姑。仲仕，蛇。

再怎麼想也沒有答案。只會讓身體更不舒服。

我不管三七二十一地加快腳步，總之先去有燈光的地方再說。即使眼睛已經習慣了黑暗，但也沒有明顯的標誌。這裡只有不曉得是否還有人住的小屋，以及再怎麼瞪大眼睛也看不懂內容的招牌，根本無法帶來任何安慰。但是我卻不覺得疲憊，真不可思議。

我一股作氣地往前走，就連樹木沙沙作響的聲音都令我心驚肉跳。好不容易終於來到可以看清楚透出燈光的建築物全貌的位置。

然後我爲之愕然。

是那棟洋房。整棟洋房正點亮了燦若白晝的燈光。

無須贅言，我不想再靠近了。雖不敢說一切都是眞的，但這裡無疑是鈴木母女喪命的洋房。

但我沒得選擇。要不就是蹲在這裡，提心弔膽地熬到天亮，不然就是勇闖那棟洋房。轉念又想，我來這裡就是爲了弄明白一些眞相。而此地大概就是那件事的根源，既然如此，又怎能打退堂鼓。

但我還是不想進去。

進退兩難的掙扎在內心拔河，我無比緩慢地靠近那棟洋房。

走近一看，洋房的造型十分特殊。黑色屋頂非常傾斜，圓筒的形狀看起來就像戴著巫婆帽，又像是囚禁聖女貞德的監獄。這種地方根本不適合住人。白天時看來或許別具風情。重點是房子非常大。

鈴木母女只有兩個人住在這種地方嗎。我抬頭看，發現連窗戶的位置都很怪。不僅不清楚內部構造，只見窗戶東一個、西一個地分散在角落。這就是岩室富士男口中「有意義的形狀」嗎？

明明開著燈，卻完全不像有人在。

橘雅紀說「只有工人偶爾會去修繕」。所以我推測現在大概是工人在裡面吧，而且貌似已經睡著了。

門開著。我躡手躡腳地要從門縫鑽進去時，口袋突然震動起來。我差點放聲尖叫，總算在最後一刻吞回去。對我而言，這簡直是求之不得的及時雨。因爲這表示手機收得到訊號，可以跟外界聯絡了。

我拿出手機，是齋藤打來的電話。全身突然湧出了力氣。雖然所處的狀況並未改變，但直覺告訴我有救了。

「喂。」

『你現在人在哪裡？』

齋藤以非常緊張的語氣問道。

「先不說這個，聽說你身體不舒服，好點了嗎？我現在……」

『沒時間了，我只說重點，我並沒有不舒服。』

湧出來的力量彷彿一時間全部掏空了。

「可是……鳥海女士說……你不舒服，所以來不了。」

『我不認識什麼鳥海女士。我打了好幾通電話給你，要你取消旅行。前往當地求證的想法從頭到尾都錯了，待在家裡還比較安全。』

「怎麼這樣，我現在……」

『難不成，你已經……橘了？』

齋藤咆哮著說。聲音開始摻雜雜訊。可能又要收不到訊號了。我姑且解釋成他大概是在問我是不是在橘這個地方。

「我正在逃跑。」

從齋藤的語氣中可以聽出他很驚慌。

總而言之，我先告訴他橘雅紀的事和發生在我身上的異常體驗，以及我此時此刻正站在那棟洋房前。就連多話的齋藤也不再說廢話。過了好一會兒。

『總之你先冷靜下來，從蟒溷到髮繧後。絕對不能蜈縺縺，因爲那裡是蜷縺肴懊繧。』

不行了，聽不清楚。更重要的是，他的話聽起來好像是另一種語言。

『譛昂縺繧九縺蜍輔縺縺縺上縲縺縺九縺縺昂縺縺蜷代縺。』

滋滋滋滋。

耳邊傳來某種沉甸甸的東西拖曳爬行聲。

滋滋滋滋。

即使看不見對方，還是能知道是怎麼回事。

那是仲仕，仲仕來了。

『完成了。』

這不是齋藤的聲音，而是仲仕在說話。

『恭喜你，你被選中了，做得很好。』

咚！有物體從上面掉下來。是一顆果實，大小看起來跟水谷的腦袋差不多。碩大的果實正看著這邊。好幸福。

謝天謝地。**滋滋滋滋。**

仲仕在我四周爬行，獻上祝福。這是只有到達之人才能享有的特權。我笑得停不下來。有什麼可怕的。這不是很簡單嗎。

謝天謝地。我也必須趴在地上慶祝完成才行。謝天謝地。

『可以吃囉。』

沒錯。可以吃了。我要吃。聽到這句話，我內心十分雀躍。滴答答滴答答滴答滴滴答。以〈拉黛斯基進行曲〉爲我慶祝。慶祝我的凱旋。來慶祝吧。這是蘋果。這是蘋果。可是稱爲蘋果其實很不敬。那麼該怎麼稱呼呢。蘋果王。不對。蘋果神。蘋果大神。也不行，神明已經不存在了。哇哈哈。怎麼辦。

總之先用甜蜜的蘋果大人燒灼喉嚨。我明白了。我全都明白了。

把人獻給尊貴的大人根本不是什麼罕見的事，也非陋習。而是非常好、非常完美的事。眞想給過去的我一拳。抱歉吶。謝天謝地。

這是好東西，但同時也很恐怖，除了恐怖再無其他。我們未免也太愚蠢、太輕率了。

『你知道該怎麼做了吧。』

仲仕老師對我說。我點點頭。要給椎間盤增加負擔。

我想跟老師去無邊無際的七個地獄。

然而老師搖頭。

『你不知道啊。**必須要拔掉**喔。』

不要啦。拔掉太過分了。

『你的任務是擴散。』

老師彷彿被我打敗地說。見我大失所望的樣子，老師笑了。我也笑了。

『請去擴散。』

提到擴散就想到亞伯拉罕。擴散的意思是將種子撒到全世界，如此一來就能阻止他們的陰謀。七代確實太短了。沒錯。

『請去擴散。』

我懂了。我會採取行動。或許是因爲天色逐漸亮起，老師無聲無息地消失了。

手機的訊號好不容易恢復正常。

『你沒事吧?!』

我聽見齋藤的聲音。想必他一直在喊我的名字。

「謝謝你。」我向他道謝：「我已經沒事了。」

我要採取行動。一定得搞定這件事。因爲我已經沒事了。

「等我回去再告訴你。可以的話，希望能登在雜誌上。總之我有好多話要跟你說。」

齋藤二話不說地答應了。我不禁微笑。

擴散擴散擴散。如此一來，就能跟老師一起了。所以請大家也助我一臂之力。這是圓環。必須以圓環的方式維持下去。就跟蛇蜷盤繞一樣，維持下去。

終

遠山的　有如小鹿身上的白色斑點
有如長蟲的蛇
旭日在山上　打著瞌睡
矛穿過蛇身　痛不欲生
痛得彈跳起來　莫忘蕨之恩
　孕育著　孕育著
倒行逆施
唵・阿・毘・羅・吽・欠・蘇婆訶
天竺國
若前往七段國
蒐集七塊石頭
建立七座墳墓

堆起七塊石頭的卒塔婆
鎖上七塊石頭
　孕育著　孕育著
推落七個地獄
唵・阿・毘・羅・吽・欠・蘇婆訶

請誦唸以上的經文。每天都要誦唸。每晚都要誦唸。不安的時候就要誦唸。拜託大家了。

主要參考文獻

●《聖書に隠された日本・ユダヤ封印の古代史　失われた10部族の謎》ラビ・マーヴィン・トケイヤー（著）／久保有政（訳）／徳間書店
●《聖書に隠された日本・ユダヤ封印の古代史2　仏教・景教篇》久保有政＆ケン・ジョセフ（著）／ラビ・マーヴィン・トケイヤー（解説）／徳間書店
●《偽史冒険世界　カルト本の百年》長山靖生（著）／ちくま文庫
●《【超図説】日本固有文明の謎はユダヤで解ける》ノーマン・マクレオド＆久保有政（著）／徳間書店
●《日本の中のユダヤ　イスラエル南朝二族の日本移住》川守田英二（著）／中島靖侃（編）／たま出版
●《遠野物語》柳田国男（著）／青空文庫
●《日本伝説大系》みずうみ書房
●《日本の伝説16　阿波の伝説》角川書店
●《日本の伝説22　土佐の伝説》角川書店

- 《日本の伝説36　伊予の伝説》角川書店
- 《ヨブ記》（聖書　新共同訳）日本聖書協会
- 《マタイによる福音書》（聖書　新共同訳）日本聖書協会
- 《「オーグリーンは死にました」考》朱雀門出（著）／Kindle版
- 《忌錄：document X》阿澄思惟（著）／Kindle版
- 《どこの家にも怖いものはいる》《わざと忌み家を建てて棲む》《そこに無い家に呼ばれる》（「幽霊屋敷」シリーズ）三津田信三（著）／中央公論
- 《邪宗門》北原白秋（著）／ゴマブックス
- 《のらくろ上等兵》田河水泡／講談社
- https://www.i-manabi.jp/system/regionals/regionals/ecode:2/54/view/7324
- https://www.city.kochi.kochi.jp/deeps/20/2019/muse/hanashi/hanashi10.html
- https://japanmystery.com/koti/kira.html
- http://home.e-catv.ne.jp/naka/mukasi-hanasi/densetu/hime-daruma/hime-daruma.htm
- http://www.hamamatsu-books.jp/category/detail/4e13ed25f351e.html
- http://www.i-repository.net/il/meta_pub/G0000145OTEMON_203071108

〔導讀〕

新世代恐怖小說的旗手——蘆花公園的起點

——朝宮運河（書評家）

應該不只我覺得近年來日本的恐怖小說愈來愈好看了吧。從縱橫文壇多年的中流砥杜、資深作家，到這幾年才冒出頭的新銳作家等等，幾乎每個月都有各式各樣的書手發表傾其力的恐怖小說，每次逛書店都有眼花撩亂的感覺。

依照我個人的觀點，這股風潮大概是始於二〇一五年，澤村伊智以小說《邪臨》（ぼぎわんが、来る）出道，震撼文壇，從而掀起恐怖小說的風潮。前前後後有許多兼具實力與個性的寫手前仆後繼地加入業界，在活化恐怖小說的類型同時，也大大地拓寬了讀者的眼界。日本的恐怖小說如今正迎來百花齊放的季節。

蘆花公園正是足以象徵恐怖小說新時代的寫手。

這位以實際存在於東京都的都立公園爲筆名的作家，二〇一八年開始在線上小說網站「KAKUYOMU」寫作，以恐怖小說為主，投稿了許多作品。二〇二〇年夏天，其中一篇〈刺骨之痛——某地怪談報告——〉在推特上掀起相當大的話題，於是他正式躋身文壇，成為商業作家。該作品於二〇二一年四月由幻冬舍以《刺骨之痛》為名付梓發行。我們現在手裡拿到的文庫版（注），即是對單行本又加了一些修改潤飾後的最新版本。

蘆花公園這位作家之所以能在現代的恐怖小說界脫穎而出，大概是因為他對各種類型的恐怖小說皆有非常高的素養。今日大部分活躍於文壇的年輕恐怖小說家，都會強調自己對其專攻類型的講究及堅持，其中尤以蘆花公園對恐怖小說的痴迷程度非比尋常。作者在《刺骨之痛》的〈前言〉裡，藉「我」之口暢談自己涉獵的恐怖作品。從「學校怪談」等系列童書到《新耳袋》等真有其事的鬼故事，再到貴志祐介、三津田信三的恐怖小說、伊藤潤二的恐怖漫畫、〈扭來扭去〉等具有代表性的網路怪談——

從小就深受鬼故事吸引、至今仍喜歡蒐集怪談的「我」，那侃侃而談的熱切語氣，無疑就是蘆花公園對恐怖作品的信仰告白。我在單行本看到這一段的時候，除了覺得作者

注「單行本」與臺灣普遍小說出版品的開本相近，「文庫本」則是較小、便於攜帶的平裝版本。日本出版社會將暢銷的單行本重新排版，以文庫規格推出上市。

死守恐怖至上主義的立場很可愛，也對其無論時代如何變遷，始終熱愛妖怪的態度產生共鳴。

這裡有一點值得注意的是，「我」＝蘆花公園公開將恐怖小說與恐怖漫畫並列，揚言自己受到眞人實事鬼故事和網路怪談的影響。在虛構的故事裡加入眞有其事的鬼故事要素，是恐怖小說界近年來的一大流行，而蘆花公園對恐怖作品的廣泛涉獵也與上述的流行不謀而合。說是現代日本創作與眞實故事、紙媒與網路空間相互影響的恐怖文化，孕育出了蘆花公園這樣的鬼才也不爲過。

那麼，讓無數的推特鄉民嚇得瑟瑟發抖的《刺骨之痛》，究竟是一部什麼樣的小說呢？我盡量在不劇透的情況下，簡單介紹一下內容。

主述者「我」是在教學醫院上班的男醫師。他的興趣是蒐集怪談，幾個恐怖體驗紛紛以電子郵件、手記、採訪的錄音檔轉錄而成的文章等形式來到他身邊。《刺骨之痛》即爲上述的原稿，以及與「我」經過考察後所寫下的紀錄片式小說。以〈讀〉爲題的第一章，收錄了熱愛恐怖作品的業餘漫畫家——木村沙織，在網聚上認識一位家庭主婦由美子，而由美子提供給了她四則怪談。這四則分別是國中生的體驗、學生社團的日記，以及民俗學者的手記等等，看完由美子寄給她的四篇文章後，沙織發現其中有個共通點。

接著〈語〉的章節是將「我」的前輩——某精神科醫師記錄的病例研究資料，進而整理成小說形式的文章。主述者佐野道治，其任職於出版社的朋友雅臣拜託他爲參加「眞有其事怪談徵文」比賽的原稿撰寫心得感想。文中描述某家族代代相傳的奇妙埋葬手法，以及圍繞著某棟受詛咒小屋裡發生的怪談，看完那些內容，道治身邊也開始發生詭異之事。第三章〈見〉則透過某人之手，記錄一個單親媽媽——鈴木舞花，爲了氣喘的女兒而搬到空氣較好的鄉下地方居住，而發生在其身上的悲劇。

這些原稿乍看之下沒有任何關聯，其實字裡行間有許多共通點，可以串連成一個完整的怪談來看。借用作品中的話，本書是可以用「把一部電影切成一幕幕各自獨立的畫面給觀眾看」的感覺來閱讀的後設虛構恐怖小說，爲考察形式的恐怖推理作品，試圖解開怪談之謎的同時，又會浮現出新的恐怖元素。

不過這種嘗試早有先例，例如用不止一封書信或手記構成長篇的手法，便是由伯蘭・史杜克（Bram Stoker）的《德古拉》（*Dracula*）首開先河，從此便被視爲古典的手法；近年來，像是《每個家都有鬼》（どこの家にも怖いものはいる）的作者三津田信三、《出版禁止》的作者長江俊和等作家，都很擅長書寫讓眞相從支離破碎的字裡行間浮現出來的考察式恐怖推理小說。參考文獻中提到阿澄思惟的電子書《忌錄：document X》，也是屬於這種類型的作品。

《刺骨之痛》的特徵在於承襲上述這些作品的手法，表現出規模更恢宏、更傳奇、更驚世駭俗的民俗黑暗面。「蛇」與「祭品」是貫穿整部作品的關鍵字。後三章一步步揭開驚心動魄的眞相，相信任何人看了都會拍案叫絕。

說到拍案叫絕，本書雖是小說，但以接近非虛構的風格來書寫這點，或許也很令人驚喜。這也是近年來的恐怖小說比較常見的手法。

例如小野不由美的《殘穢》、澤村伊智的《恐怖小說　霧華》（恐怖小說　キリカ），以及蘆澤央的《神樂坂怪談》等作品，也都出現了讓人以爲是作者本身的主述者，藉由讓他們成爲怪事的體驗及記錄者，表現出誕生於虛實的夾縫中，令人膽戰心驚的恐怖氛圍。

《刺骨之痛》所呈現的正是這一類的恐怖。作者採取紀錄片式的敘述手法，穿插各種不同的觀點及說法，眞實地重現圍繞在「我」身邊的現實。另一方面，也栩栩如生地描繪出他的日常生活逐漸被超自然現象侵蝕的模樣。

「我」原本只是站在興趣是蒐集、考察怪談的立場，曾幾何時卻成了怪異的當事人，令人不寒而慄。《刺骨之痛》之所以整本書都瀰漫著有如觸碰到禁忌之感，最主要的原因，應該就來自於這種虛實之間如履薄冰的恐怖平衡。而我們身為讀者，也能切身地感受到這股恐怖感。

之所以這麼說，無非是因爲原本是旁觀者的「我」，都因考察而被捲進怪異裡，如此一來，當我們看完他的告白，極有可能也會成爲怪異的當事人；跨越虛實的交界，有如病毒般不斷擴散的怪異。《刺骨之痛》是建立在讀者本身也成爲體驗者的前提之下，是一部很危險、令人委實笑不出來的虛構作品。

列出這些特徵後，我個人印象最深刻的是，書中每則怪談都很有水準。例如，〈語〉章節裡提到關於小孩葬禮的種種細節。鄉下地方世家代代相傳的祕密儀式——這種創意本身在網路怪談上經常可見，但出現在葬禮中的怪異，以及看到那個怪異的人所表現出來的反應，卻令人毛骨悚然。作者接受採訪時，說他是以實際發生的故事爲基礎，但這種怪談可不是任何人都寫得出來。

再來是鈴木母子慘絕人寰的故事，絕對是讓人看過就無法忘懷的鬼屋怪談。我個人還差點被詭異患者去醫院找「我」的場景嚇得放聲尖叫。其他的「作中作」也都充滿了不合理的劇情和細緻描寫，戲劇效果大增，可以充分感受到作者對怪談的痴迷程度和與生俱來的寫作天分。

還有一點令我印象很深刻的，是不斷出現超脫常軌的人物角色。例如講話很有特色、總是帶著「喔呀啦嘛」等語助詞的主婦由美子，還有總讓人覺得哪裡不太對勁的主述者道治、性情大變後出現在「我」面前的醫學生水谷……這些人物的一言一行讓本來就已經很恐怖的劇情，散發出更加令人惶惶不可終日的氣氛。對於人物不尋常的言行舉止描寫上，這位作者做得非常出色。

除此之外還有很多値得大書特書的優點，例如利用字體呈現出恐怖感、民俗學上有趣的考證等等，最重要的一點是，這些大大小小的技巧都是爲「恐怖」服務。而作者不顧一切地奔向「讓讀者感到害怕」的這個終點。這也是《刺骨之痛》最令我感動之處。

單行本出版時，我一方面覺得蘆花公園的寫作風格很値得信賴，另一方面也有點擔心，這位作者是否寫完出道作品就江郎才盡了。幸好這一切都只是我杞人憂天。

二〇二一年五月，蘆花公園以迅雷不及掩耳的速度發表了第二部作品《異端的祝祭》。該作品與走寫實路線的《刺骨之痛》互爲對照，裡頭人物呈現出強烈的娛樂色彩，以「日本製造的仲夏夜惡夢」掀起話題，令人記憶猶新。今年（二〇二二年）二月，《異端的祝祭》的續集《漆黑的慕情》也上市了。出道才一年多，蘆花公園已經成爲娛樂恐怖小說的知名作家，在文壇站穩一席之地。

這本書是新世代恐怖小說的旗手——蘆花公園的起點，今後應該也會繼續被傳閱下去。請務必細細品味這本誕生於鈴木光司的《七夜怪談》出版至今三十年、三津田信三的《忌館：恐怖小說家的棲息之處》出版至今二十年後的日本恐怖小說重量級作品。

日本名家 蘆花公園作品集001

刺骨之痛

原 著 書 名／ほねがらみ
作　　　者／蘆花公園（Roka Koen）
譯　　　者／緋華璃（Hikari）
企畫選書人／張世國
責 任 編 輯／劉瑄
發　行　人／何飛鵬
總　編　輯／王雪莉
行銷業務經理／李振東
行 銷 企 劃／陳姿億
資深版權專員／許儀盈
版權行政暨數位業務專員／陳玉鈴
法 律 顧 問／元禾法律事務所　王子文律師
出版／奇幻基地出版
城邦文化事業股份有限公司
台北市 104 民生東路二段 141 號 8 樓
電話：(02)25007008　　傳眞：(02)25027676
網址：www.ffoundation.com.tw
e-mail：ffoundation@cite.com.tw
發行／英屬蓋曼群島商家庭傳媒股份有限公司城邦分公司
台北市 104 民生東路二段 141 號 11 樓
書虫客服服務專線：(02)25007718・(02)25007719
24 小時傳眞服務：(02)25170999・(02)25001991
服務時間：週一至週五 09:30-12:00・13:30-17:00
郵撥帳號：19863813　　戶名：書虫股份有限公司
讀者服務信箱 E-mail：service@readingclub.com.tw
歡迎光臨城邦讀書花園 網址：www.cite.com.tw
香港發行所／城邦（香港）出版集團有限公司
香港灣仔駱克道 193 號東超商業中心 1 樓
電話：(852) 2508-6231 傳眞：(852) 2578-9337
馬新發行所／城邦（馬新）出版集團
【Cite(M)Sdn. Bhd.(458372U)】
11, Jalan 30D/146, Desa Tasik,
Sungai Besi, 57000 Kuala Lumpur, Malaysia.
電話：(603) 90578822　　傳眞：(603) 90576622

封面設計／高偉哲
排　　版／邵麗如
印　　刷／高典印刷有限公司
■ 2023 年 5 月 30 日初版一刷

售價／ 399 元

國家圖書館出版品預行編目資料

刺骨之痛／蘆花公園（Roka Koen）著 .-- 初版 .--
台北市：奇幻基地，城邦文化發行；家庭傳
媒城邦分公司發行 2023.05
　面：　公分 . –（日本名家 蘆花公園作品集
001）
ISBN 978-626-7210-36-9（平裝）

861.57　　　　111005098

ISBN 978-626-7210-36-9
Printed in Taiwan.

廣　告　回　函
北區郵政管理登記證
台北廣字第000791號
郵資已付，免貼郵票

104台北市民生東路二段141號11樓

英屬蓋曼群島商家庭傳媒股份有限公司城邦分公司 收

請沿虛線對摺，謝謝

奇幻基地

每個人都有一本奇幻文學的啟蒙書

奇幻基地官網：http://www.ffoundation.com.tw
奇幻基地粉絲團：http://www.facebook.com/ffoundation

書號：1HA028　　書名：刺骨之痛

請於此處用膠水黏貼

奇幻基地

讀者回函卡

謝謝您購買我們出版的書籍！請費心填寫此回函卡，我們將不定期寄上城邦集團最新的出版訊息。

姓名：______________________ 性別：□男 □女

生日：西元__________年__________月__________日

地址：______________________________

聯絡電話：______________ 傳真：______________

E-mail：______________________________

學歷：□1.小學 □2.國中 □3.高中 □4.大專 □5.研究所以上

職業：□1.學生 □2.軍公教 □3.服務 □4.金融 □5.製造 □6.資訊

□7.傳播 □8.自由業 □9.農漁牧 □10.家管 □11.退休

□12.其他______________________________

您從何種方式得知本書消息？

□1.書店 □2.網路 □3.報紙 □4.雜誌 □5.廣播 □6.電視

□7.親友推薦 □8.其他______________________

您通常以何種方式購書？

□1.書店 □2.網路 □3.傳真訂購 □4.郵局劃撥 □5.其他

您購買本書的原因是（單選）

□1.封面吸引人 □2.內容豐富 □3.價格合理

您喜歡以下哪一種類型的書籍？（可複選）

□1.科幻 □2.魔法奇幻 □3.恐怖 □4.偵探推理

□5.實用類型工具書籍

有更多想要分享給
我們的建議或心得嗎？
立即填寫電子回函卡

您是否為奇幻基地網站會員？

□1.是□2.否（若您非奇幻基地會員，歡迎您上網免費加入，可享有奇幻基地網站線上購書75折，以及不定時優惠活動：
http://www.ffoundation.com.tw/）

對我們的建議：______________________________

____

____

請於此處用膠水黏貼